JN020615

高速戦艦「赤城」1

帝国包囲陣

横山信義
Nobuyoshi Yokoyama

C★NOVELS

扉　画　佐藤道明
地図・図版　安達裕章
編集協力　らいとすたっふ

目次

沖縄
那覇
北大東島
南大東島
宮古島
石垣島
西表島
沖大東島
沖ノ鳥島

太平洋

バベルダオブ島
パラオ諸島
コロール島
ペリリュー島

東南アジア広域図
福州
台北
台中
厦門
台湾
広州
台南
香港
高雄
トンキン湾
海口
バシー海峡
海南島
三亜
フィリピン
ルソン島
西沙群島
マニラ
ミンドロ島
南シナ海
パラワン島
パナイ島
ネグロス島
ボルネオ島

高速戦艦「赤城」1

帝国包囲陣

序章

曙光が差し込んだ直後、けたたましい音が、トラック環礁の穏やかな湖面を騒がせ始めた。

春島、夏島の飛行場や水上機基地、艦隊の錨地、夏島にある第四艦隊司令部、第四根拠地隊司令部に、空襲警報が鳴り響いている。

艦隊の錨地で出港を待っている乗員や、飛行場、水上機基地で待機している搭乗員、整備員らは、茫然とした表情を浮かべている。

ほとんどの者が、現実を呑み込めていない様子だった。

「索敵機からの報告電によれば、敵機は〇四五九（現地時間五時五九分）時点で、夏島よりの方位八五度、九〇浬まで接近しております」

主要幕僚と共に司令部棟の作戦室で待機していた第四艦隊司令長官井上成美中将に、通信参謀岡田貞外茂少佐が報告した。

この日――昭和一六年一〇月二〇日の三時四〇分、内地の連合艦隊司令部から第四艦隊司令部に緊急信が届けられた。

満州の帰属問題を巡って対立関係にあった日米両国が、この日の三時三〇分を境に、戦争状態に入ったのだ。

第四艦隊では、日米関係の悪化に伴い、管轄下にある内南洋の島々――トラック、マーシャル、マリアナ、パラオにおける警戒を強化し、毎日のように航空偵察を実施しており、この日は三時五〇分より索敵機を発進させた。

空襲警報は、それらの一機が打電した「敵戦爆連合大編隊見ユ」との緊急信に基づいて発せられたものだった。

「何故、トラックに……」

参謀長矢野志加三大佐は、信じられない、と言いたげだ。

幕僚たちの取りまとめ役に相応しからざる、うろたえたような声と表情だった。

井上は、それには応えず、壁の時計を見上げた。

現在の時刻は五時一三分。

水偵が急を報せてから、一四分が経過している。

航空機の速度から考えて、敵機は二〇分かそこらでやって来る。

「各隊に命令。上空警戒、第一配備！」

「連合艦隊司令部に緊急信。『我、空襲ヲ受ケツツ有リ。〇五一三』」

「泊地内の全艦船、航空機を避退させよ」

井上は、矢継ぎ早に命令を発した。

第四艦隊はトラック環礁を中心とした広大な海域の警備を担当するが、指揮下の兵力はさほど大きいものではない。

麾下の艦艇は、独立旗艦の練習巡洋艦「鹿島」、旧式軽巡二隻から成る第一八戦隊、機雷敷設を主任務とする第一九戦隊、旧式駆逐艦を中心とした第六水雷戦隊、潜水母艦一隻と中型潜水艦九隻から成る第七潜水戦隊であり、重巡以上の艦は一隻もない。

他に、基地航空部隊の第二四航空戦隊を指揮下に収めているが、同部隊はパラオ諸島にいる。

トラックにある兵力だけで、一〇〇機以上の敵機に対抗するのは不可能だ。

ここは、被害の低減に努めるのが最善だ。

「司令部は、四根（第四根拠地隊）司令部と共に防空壕に避退」

井上は、矢野に第四の命令を出した。

本来であれば、独立旗艦の「鹿島」に乗艦し、全在泊艦船を率いて避退すべきかもしれない。

だが、井上以下の司令部幕僚が乗艦するまで待機させたのでは、「鹿島」が撃沈される恐れがある。

また、敵の出方が分からぬ状況下で、司令部が逃げ出すわけにはいかない。

夏島に留まり、内地の連合艦隊司令部に情報を送るのが、自分たちの役割だ。

井上が、矢野以下の幕僚と共に司令部棟の外に出ると、眩い陽光が目を射た。

夏島の地上には空襲警報が鳴り続けており、周囲は騒然としている。

第四根拠地隊の士官、下士官、兵が走り回り、怒鳴り声や命令、復唱の声が聞こえて来る。

飛行場では、対空砲陣地が射撃準備を整え、水上機基地からは、零式水上偵察機、九七式大型飛行艇といった機体が次々と離水にかかっている。

航続距離が短い機体は、一旦空中に退避するだけだが、足の長い飛行艇には、パラオ諸島に飛ぶよう命じられている。

夏島の東側にある夏島錨地、北西に位置する春島錨地では、在泊艦船が続々と出港を始めている。

第四艦隊司令部が、内地からの緊急信を受信すると同時に、隷下の全部隊に開戦を告げたため、全機、全艦が戦闘態勢を整えていたのだ。

「航空機はともかく、艦船は間に合わぬな」

井上は、出港してゆく艦船を見て呟いた。

環礁の出入り口に使用している北水道は、春島錨地から約一五浬、夏島錨地からは約二〇浬の距離がある。

在泊艦船の多くは、環礁から脱出する前に、敵機に捕捉される可能性が高い。

巡洋艦や駆逐艦はまだしも、申し訳程度の対空兵装しか持たない駆潜艇、掃海艇といった小艦艇がどこまで耐えられるだろうかと思う。

「伝令！　午島砲台より報告。『敵編隊視認』！」

兵の叫び声が、井上の思考を中断させた。

午島砲台は、トラック環礁の外縁部に設けられた複数の砲台の一つで、夏島や春島の北東に位置している。

その砲台から目撃された以上、敵機が殺到して来るのは時間の問題だ。

「急ぎましょう！」

首席参謀川井巌大佐が声をかけた。

井上は頷き、半地下式の防空壕に向かって駆け出した。

　第四艦隊、第四根拠地隊の司令部幕僚全員が防空壕内に入ったときには、既に夏島の上空は、轟々たる爆音に満たされていた。

　爆撃が始まったのだろう、時折炸裂音が届き、微かに地響きが伝わって来る。

「飛行場がやられているようです」

　航空参謀の米内四郎少佐が、呻くように言った。

　爆発音や振動は、島の南側から伝わって来る。飛行場がある方角だ。

　敵は第一撃で飛行場を叩き、トラックの制空権を奪取するつもりらしい。

「開戦の一時間後に攻撃とは。それも、いきなりトラックに来るとは……」

　矢野が、絞り出すような声で言った。

　第四艦隊司令部では、米軍が侵攻してくる場合、内南洋の最東端にあるマーシャル諸島を最初に攻撃すると考えていた。

　ところが米軍は、マーシャルを飛ばして、内南洋の要にあるトラックを、最初から衝いて来たのだ。

　開戦してから僅か一時間後に敵の攻撃が始まったことと、枢要部のトラックが叩かれていることに、現実感を持てない様子だった。

「周到に計画していたのだろうな、米軍は」

　井上は、ここ一週間ほどの動きを思い返しながら言った。

「米国が我が国に交渉の打ち切りを通告したのは一週間前だ。その後、我が国が交渉の再開を何度呼びかけても、一切無視していた。米軍はその間に、艦隊をトラックに接近させていたのだろう。ハワイからトラックまでは、一週間あれば充分到達できる」

「全ては、計画的だったということですか」

「米国は、慎重に地ならしをしながら前進して来る国だ。交渉打ち切りから開戦までの一週間が、米軍の準備期間に当たっていたことを見抜けなかったのは、我が軍の失敗だ」

「米軍は、この後どうするつもりでしょうか？　トラックを空襲しただけで引き上げるとは、考え難いのですが」

「敵の出方を見る以外にあるまい」

米軍の目論見は、敵機が飛び去ってから、およそ一時間後に判明した。

「通信所より司令部。索敵機より受信。『敵艦隊見ユ。位置、〈春島〉ヨリノ方位八五度、八〇浬。敵ハ戦艦四、巡洋艦四、駆逐艦一五。敵針路二六五度。〇七二二（現地時間八時二二分）』」

との報告が届けられたのだ。

「米軍の目的は、トラックの完全破壊だ。制空権奪取の後は、艦砲射撃が襲って来る。攻撃目標は、防御陣地や基地施設だと考えて間違いない」

井上は、幕僚全員に聞こえるように言った。

「では、我々は……」

幕僚たちの何人かが、怯えたような声を上げた。

トラック環礁の外縁部から夏島までの距離は一〇浬（一万八五〇〇メートル）足らず。

米軍の戦艦が装備する四〇センチ砲、三五・六センチ砲であれば、環礁の外から悠々と巨弾の雨を降らせることができる。

半地下式の防空壕は、戦闘機の機銃掃射程度であれば防げるが、戦艦の巨弾に耐える力はない。

直撃は言うに及ばず、至近弾を受けても、弾着の衝撃で崩壊しかねない。

四艦隊司令部の全滅という最悪の事態が、現実になろうとしている。

井上は、自ら受話器を取った。

「司令部より通信所。GF司令部宛、打電せよ。『敵艦隊見ユ。位置、〈春島〉ヨリノ方位八五度、八〇浬。敵ハ戦艦四隻ヲ伴フ。〇七五〇』」

「『敵艦隊見ユ。位置、〈春島〉ヨリノ方位八五度、八〇浬。敵ハ戦艦四隻ヲ伴フ。〇七五〇』。GF司令部宛、打電します」

通信長の片野幸夫少佐が、命令を復唱した。

驚いた様子も、恐れている様子もない。事態を、冷静に受け止めているようだった。

「環礁内の全部隊にも、警報を送ってくれ。『敵戦艦ニヨル艦砲射撃ノ可能性大。各隊ハ可及的速ヤカニ各島ノ西岸ニ避退セヨ』」

井上は、声を落ち着かせようと努めながら命じた。

戦艦の主砲、特に米戦艦が装備する四〇センチ砲は、三万メートル以上の最大射程を持つ。

島のどこにいようと、逃れられる保証はない。

それでも、東岸に留まるよりは西岸に避退した方が、助かる可能性は高いはずだ。

「今一つ。避退中の艦艇の状況を確認してくれ」

片野の答は、一〇分後に返された。

「一部の艦はまだ北水道に向かっていますが、半数以上の艦が環礁の外に脱出しました。『鹿島』は『空襲ニヨル被害ナシ』と打電しています」

「了解した」

そう返答し、井上が受話器を置いたとき、

「伝令！」

一人の兵が、司令部に駆け込んで来た。

「空中に避退していた九七大艇一機が、水上機基地に帰還しました。司令から長官に、至急基地までおいでいただきたい、との伝言です」

夏島、春島の水上機基地には、第四根拠地隊隷下の第一七航空隊と第二四航空戦隊隷下の横浜航空隊が進出している。前者は水上偵察機、後者は飛行艇の部隊だ。

両隊とも、敵機が来襲する前に避退したと思っていたが、一機だけが戻って来たのだ。

九七大艇であれば、四艦隊司令部の全員が搭乗できる。

横浜空司令の横井俊之大佐は、井上以下の四艦隊司令部幕僚を脱出させるつもりで、大艇一機を残したのかもしれない。

「参謀長、幕僚全員を連れて水上機基地に行け。九七大艇の航続距離なら、パラオまで飛べる」

井上は指揮下にある兵力の保全を優先したが、艦艇を脱出させたことで、司令部幕僚がトラックから避退する道を失った。

敵戦艦によって、四艦隊司令部が基地施設もろとも殲滅されることを覚悟したが、飛行艇一機が健在なら、参謀長以下の全員を逃がすことが可能だ。

「長官は残られるおつもりですか?」

「私は四艦隊の責任者だ。四艦隊の中枢となる基地を放棄して、逃げ出すわけにはゆかぬ」

「それはいけません。長官の御命令でも、それだけは聞けません」

矢野は激しくかぶりを振り、川井首席参謀以下の幕僚たちも頷いた。

「長官が戦争回避のために尽力されたことは、皆が知っています。不幸にして開戦に至った今、長官は対米講和実現のために不可欠の方です。長官を、ここで失うわけには参りません」

「司令部が皆逃げてしまっては、取り残される将兵に申し訳が立たぬ。責任者が残って、最後まで指揮を執らねばならぬのだ。それなら、私が残るのが筋だ。何よりも、君たちはまだ若い。これから、幾らでも御国のために働けるのだ。年寄りから先に逝くのが、順序というものだ」

「いや、ここは参謀長の言う通りだ。貴様が残る必要はない。トラックは俺に任せて、避退しろ」

脇から声をかけた者がいる。

第四根拠地隊司令官の茂泉慎一中将だ。

トラック環礁の警備を担当しており、第一四掃海隊、第五六、五七駆潜隊、第四防備隊等を指揮下に収めている。

井上とは江田島の同期生であり、二人だけの時は「俺、貴様」で話す立場だ。部下の前だが、このときだけは遠慮のない口調になっていた。

「俺は、トラック防衛の責任者だ。敵の接近に気づけなかったのは、俺の失敗だ。最後までトラックに留まり、責任を取るべき立場にあるのは俺だ」

「トラックの防備は確かに貴様の任務だが、トラックも含めた内南洋全体の防衛は俺の役割だ。敵を遠方で発見できず、トラックへの接近を許したことは、俺に責任がある。貴様こそ、四艦隊と四根の幕僚を連れて避退しろ。ここで命を落とすことはない」

井上の反論には、妥協の余地がなかった。

謹厳な性格の井上だが、茂泉につられて、江田島時代の言葉遣いになっていた。

「役割というものをよく考えろ。トラックは言うなれば一隻の軍艦であり、俺は艦長だ。乗員が艦に残っている以上、艦長には最後まで指揮を執り続ける責務がある。だが、艦隊や戦隊の司令部にそのような義務はない。将旗を他艦に移して戦い続けるのが、司令長官の役目だ」

江田島卒業時は恩賜の短剣組だった貴様に、こんな初歩的なことが分からぬのか――茂泉は、そう言いたげだった。

「トラックの重大危機を招いたのは俺だ。俺が部下を残して逃げたのでは、筋が通らんのだ」

「責任を感じるなら、生き延びて、貴様の識見を御国のために活かせ。海軍に奉職してから身につけた知見を全て無にするのは、陛下への不忠だと思わぬか？」

井上は、しばし沈黙した。

このような場で、「陛下」の名を持ち出されるとは思っていなかったのだ。

「こんなことを言っている間にも、敵艦隊はトラックに迫っている。今は、一分でも一秒でも惜しい。早く行け！」

叱咤するような茂泉の言葉を受け、井上は聞いた。

「貴様は俺に、生き恥をさらせと言うつもりか？」

「生還すれば、一時的には風当たりが強くなるかもしれんが、貴様の心は一時の恥を堪え忍べないほど弱くはあるまい」

「四根司令官は幕僚全員と共に避退しろ。長官命令だ――そう言っても聞くまいな？」

「江田島を卒業してから上官の命令に背（そむ）いたことはないが、今回が最初で最後の抗命（こうめい）だ。許せ」

茂泉は小さく笑った。

井上は、溜息（ためいき）をついて立ち上がった。

矢野以下の幕僚を見渡（みわた）し、重々（おもおも）しい声で告げた。

「四艦隊司令部は、残存する九七大艇に搭乗し、パラオに避退する。全員、水上機基地に急げ」

第一章　連合艦隊旗艦「赤城（あかぎ）」

1

足早に舷梯を駆け上がると、上部構造物が視界に入って来た。

背負い式に二基が配置された主砲塔の正面に、一基当たり二門の、太く長大な砲身が突き出している。

主砲塔二基の後ろに屹立しているのは、摩天楼さながらの丈高い艦橋だ。

元は多数の支柱が剝き出しになった無骨な形状だったが、昭和一〇年から一二年にかけて実施された近代化改装の結果、長門型戦艦や伊勢型戦艦のような、凹凸の多い形に変貌した。

元号が昭和に替わった日に巡洋戦艦として竣工し、近代化改装後は戦艦に艦種変更された「赤城」。「長門」「陸奥」と輪番で、連合艦隊旗艦を務めている艦だ。

最高速度が三〇ノットに達するため、金剛型戦艦四隻と共に「高速戦艦」と呼ばれることもある。

この「赤城」を最後に、日本海軍は新たな戦艦を建造していない。

その艦の上甲板に、海軍中佐榊久平は足を降ろしていた。

「おう、来たな」

水兵に案内され、作戦室に入室した榊を、いかつい顔つきの将官が笑顔で迎えた。

西郷隆盛を思わせる風貌だ。参謀職よりも、軍艦の艦橋や基地航空隊の指揮所で、将兵を叱咤する役割の方が似つかわしく見える。

海軍少将大西滝治郎。今年一月、連合艦隊司令長官山本五十六大将から強く望まれて、参謀長に任ぜられた人物だ。

榊は少佐時代、航空本部の教育部で勤務したとき、同部の部長を務めていた大西の下で働いたことがあるため、互いに気心は知れていた。

「申告します。海軍中佐榊久平、航空参謀として連合艦隊司令部勤務を命じられました」

　直立不動の姿勢で敬礼した榊に、大西も答礼を返した。

「長官は、軍令部に呼ばれて東京に出張されている。明後日に帰艦される御予定だったが、もう少し伸びるかもしれないと連絡をいただいた」

　既に一度、上官と部下の関係にあったためだろう、大西は気安い口調で話しかけた。

「中央が長官を呼び出した理由は、一つしか考えられぬ。対米開戦を前提としての協議だろう」

「米国との関係は、そこまで険悪になっている、ということでしょうか？」

「我が国にその気がなくても、向こうがやる気十分だ。俺や君がＧＦ司令部に呼ばれたのも、来るべき対米戦に備えてのことだろう」

　日米対立のきっかけは、今より一〇年前、昭和六年に生起した満州事変に遡る。

　日本が後ろ盾となって建国された満州帝国は、国際連盟で不承認となり、中華民国の国民党政府も満州の返還を日本に要求したが、日本政府は、

「満州は満州人のものである」

と主張し、返還に応じなかった。

　国民党政府の満州返還要求は、中国共産党との内戦激化に伴い、一旦下火になったが、昭和一三年頃から再燃し始めた。

　ソビエト連邦の支援を失った中国共産党が崩壊し、国共内戦が終息したため、国民党政府は再び満州返還の要求を日本に突きつけたのだ。

　満州の門戸開放を主張していた米国も国民党政府の側に付き、日本に満州国の解体と中国への返還を強く求めた。

　満州返還を巡る日米交渉は、双方共に一歩も譲らず、膠着状態に陥った。

　昭和一五年に入ると、米国は対日開戦を意識した動きに出始めた。

　太平洋艦隊の本拠地を、米西海岸のサンディエゴ

からハワイの真珠湾に前進させると共に、米国領フィリピンに駐留するアジア艦隊を増強した。

同年一二月、米国は国民党政府と新たな協定を結び、南シナ海の海南島に軍を進駐させた。

フィリピンと海南島は、それぞれ南シナ海の東部と西部を扼する位置にある。

その両方を米軍に押さえられれば、日本にとっては死活問題だ。

日本は、南方の資源地帯――マレー半島、仏印（フランス領インドシナ）、蘭印（オランダ領東インド）等を押さえる英国、フランス、オランダとは良好な関係を維持しているが、米国が南シナ海を封鎖すれば、資源は日本に入って来ない。

英仏蘭の三国にしても、米国と事を構えてまで、日本を助けるとは考えられない。

日本は米国に抗議し、海南島からの撤兵を要求したが、米国政府は、

「合衆国は、南シナ海に権益を保持する国家の一員として、同地域の安全に責任がある。海南島への進駐は、安全保障政策の一環である」

との理由で、応じる気配を見せなかった。

以来、七ヶ月余り。

ワシントンでは、駐米日本大使に任じられた重光葵が状況を打開すべく、大統領フランクリン・デラノ・ルーズベルトや国務長官コーデル・ハルと交渉しているが、成果は得られていない。

日本国内では、大本営と政府が、既に対米開戦に向けて動き始めているとの噂もある。

榊はそのような情勢下で、連合艦隊司令部の航空参謀に任じられたのだ。

「長官が対米開戦に反対の立場を取っておられることは、君も知っての通りだ。我が国と米国では、国力が違い過ぎる。工場の煙突の数を比べるだけでも、国力の圧倒的な差が分かる、と何度も繰り返しておられた。長官だけではない。米国のことを多少なりとも知る者は、皆同意見だ」

改まった口調で言った大西に、榊は応えた。

「その点につきましては、私も同じです。私も一年半ほど、かの国に滞在しましたから」

　榊は少佐時代の一時期、在米大使館付武官補佐官として、ワシントンで勤務している。

　在米中は、専ら米国の航空機事情――軍用機の性能や生産力、搭乗員の教育体制等について、調べられる限りのことを調べた。

　米国の国力が日本とは隔絶しており、その差は到底埋められるものではないことは熟知している。

「だが、圧倒的な国力差を持つ相手でも、戦わざるを得ないことはある。三七年前の日露戦役が、まさしくそれだった」

「不幸にして対米開戦に至った場合、長官はどのような戦略を考えておいでなのでしょうか？」

「短期決戦以外にない、とおっしゃっていた。できれば一年、長くても二年以内に決着を付けるべきだ、と」

「その点につきましても、日露戦役と共通していますね」

　日露戦争の開始は明治三七年二月、終結は翌明治三八年九月だ。戦争の期間は一年七ヶ月となる。

　このとき、日本は国力を絞り尽くされた状態に近く、戦争の継続は到底不可能だった。

　当時の為政者は、退き際を心得ていたと言える。

　来るべき対米戦においても、日露戦争と同様、短期で決着を付ける戦略が不可欠だ、というのが、山本長官の考えだ。

「航空参謀としての存念を聞いておきたい。米国との短期決戦は、可能と思うか？」

　試すような大西の問いに、榊は少し考えてから答えた。

「相手があることですので、確たることは申し上げられません。個々の作戦につきましては、勝てるよう最善を尽くしますが」

「はっきり言うものだな」

大西は苦笑した。「短期決戦を可能とするため、参謀の私も全力を尽くします」といった答を予想していたのかもしれない。

「戦争が短期で終わるかどうかは、交戦国双方の意志で決まります。我が国が短期で戦争を終えたいと考えても、米国にその気がなければ講和は成立しません」

「ロシアは講和に応じたが？」

「ロシアには講和に応じざるを得ない国内事情がありましたが、米国にそのような弱みはありません」

「山本長官も、対米戦については悲観的な見通しを述べられる方だが、君は長官以上だな」

「現実に立脚して意見を述べるのが、参謀の役割と心得ておりますので」

「現実を見るほど、悲観的にならざるを得ない、か。強敵と戦うためには、君のような考え方をする幕僚が必要なのかもしれぬな」

大西は、品定めをするように榊を見た。

君がGFの司令部幕僚に任じられた理由が分かる、と言いたげだった。

「俺は君と違って、米国をつぶさに見た経験はない。最近の米国事情を知る者として、米国を講和の場に引っ張り出せるような作戦展開は考えられるか？」

「参謀長も御存知でしょうが、我が帝国海軍と米海軍では、性格が大きく異なります。特に米海軍には、軍備に著しい偏りがあります。そこにつけ込めれば、勝利も不可能ではないと考えます」

「大艦巨砲主義、か」

大西は、日本海軍が既に放棄した戦術思想の名を口にした。

実際には、「建艦競争に敗北した結果、放棄せざるを得なくなった」というのが現実だ。

先の世界大戦終了後、米国は一九一六年度に定めた建艦計画、いわゆる「ダニエルズ・プラン」に基づいて設計した四〇センチ砲装備の戦艦一〇隻、巡洋戦艦六隻を全て竣工させたのに対し、日本が「八八艦隊計画」——四〇センチ砲装備の戦艦と巡洋戦艦各八隻を建造する計画に基づいて完成させたのは、「長門」「陸奥」「赤城」の三隻に過ぎない。

大正一二年に関東大震災が発生し、政府が復興を優先したため、軍事費の削減を余儀なくされたことも一因だが、元々の国力が違い過ぎたのだ。

昭和二年、ニューヨークで開催された軍縮会議の結果、建艦競争にようやく歯止めがかけられた。

戦艦、巡洋戦艦は、この年に竣工した艦で打ち止めとされ、以後一〇年間の新規建造を禁止する旨が定められた。航空母艦、巡洋艦、駆逐艦といった補助艦艇にも、建造に制限が設けられた。

この一〇年の間に、日本海軍は戦術思想と軍備の大胆な転換を図った。

米軍の戦艦に対抗する手段を航空機に求めたのだ。

ニューヨーク条約の締結当時、航空機や航空母艦は、海軍兵力の中で大きな要素を占めておらず、戦艦や巡洋艦のための補助戦力と考えられていた。

航空機のエンジン出力が小さく、機体構造も弱かった時代であり、「航空機が運べる程度の小さな爆弾で、戦艦を沈めるのは不可能」という考えが、海軍の主流を占めていたのだ。

だが、航空機の将来性に注目した将官、士官が、従来の大艦巨砲主義に替えて、航空主兵主義を海軍の新たな戦術思想とするよう動いたのだ。

昭和一六年現在、帝国海軍の新たな主力は、空母と航空機に置き換わっている。

ニューヨーク条約は四年前に失効したが、帝国海軍では、新たな戦艦の竜骨を船台上に据えようとせず、新型空母の建造と航空機の生産に邁進している。

かつては主力の地位にあった戦艦や、それに次ぐ戦力である重巡は、脇役に回った格好だ。

対する米海軍は、なお大艦巨砲主義を採り、空母と航空機を脇役に位置づけていた。

「帝国海軍が戦艦に見切りを付け、航空主兵に転換したのは正しい選択だったと、俺は思っている。ニューヨーク条約を締結した頃に比べ、航空機の性能は比較にならないほど向上している。戦艦などは、遠からず無用の長物になるはずだ」

「未来の話はともかく、現時点では、戦艦はまだ有用であると考えます」

榊は反対意見を唱えた。

戦艦、特に足が速い「赤城」と金剛型戦艦四隻は、空母と行動を共にすることが可能であり、空母の護衛として活用できる。

対空火器で、空母を敵機から守るだけではない。空母が水上艦艇に襲われたときには、巨砲によって空母を守れる。

また、戦艦は艦橋の位置が高いため、通信能力が高く、敵信を傍受し易い。

特に「赤城」は、連合艦隊旗艦として使用されていることもあり、敵情を知るためにも有用なのだ。

「私も参謀長と同じく、空母と航空機こそ海軍の主力であると確信しておりますが、空母と航空機だけでは戦争はできません。手持ちの兵力を有機的に組み合わせ、海軍の総合力で戦うことが、勝利のために不可欠というのが、私の考えです」

大西は、しばし沈黙した。

(しくじったか?)

榊は自問した。

相手は、階級では二つ上であり、連合艦隊の参謀を束ねる人物だ。その参謀長の考えに、異を唱えたのだ。

雷が落ちるぐらいならいい方で、場合によっては首が飛ぶこともあり得る。

だが、恐れていたようなことは起こらなかった。

大西はいかつい顔をほころばせ、笑い出したのだ。

「俺が想像していたより視野が広いな。戦艦の有用性を主張する意見が、航空参謀の口から出て来るとは思っていなかった」

「航空機と空母に持てる力を十全に発揮させるこ

とが、航空参謀の仕事です。そのためには、空母以外の艦種も有効に活用すべきです」

大西は、頼もしげに榊の肩を叩いた。

「山本長官が戻られたら、もう一度今の話をして貰おう」

2

フィリピン・ルソン島のキャビテ軍港に、コンソリデーテッドPBY〝カタリナ〟飛行艇が、飛沫を上げながら着水した。

後部キャビンから、大将の階級章を付けた長身の将官が栈橋に降り立った。

各艦の上甲板や軍港の埠頭に整列していた水兵が直立不動の姿勢を取り、靴の踵を鳴らして敬礼した。

将官は答礼を返しながら、停泊している艦艇や、居並ぶ水兵らの顔を確認するようにゆっくりと歩を進めた。

「真珠湾が引っ越して来たようだな」

将官――アメリカ本国からアジア艦隊に派遣されたウィルソン・ブラウン大将は、出迎えたアメリカ合衆国アジア艦隊参謀長ハーラン・F・エリクソン少将に言った。

「私たちも、合衆国最強の戦艦全てを指揮下に委ねられるとは思っていませんでした」

「世界最強と言いたまえ。あの艦を凌ぐ火力を持つ戦艦は、世界のどこにもない」

キャビテ軍港には、九隻もの戦艦が停泊している。

一際目立つのは、サウス・ダコタ級と呼ばれる六隻の戦艦だ。

一九一六年度の建艦計画に基づいて建造された、四〇センチ砲搭載艦一六隻に属している。

全長二〇八・五メートル、全幅三二・二メートルの艦体に、四〇センチ三連装砲塔を前後に二基ずつ、合計四基装備する。

砲身長は五〇口径と長い。同じ合衆国のコロラド級戦艦が装備しているのは、四五口径四〇センチ連装砲塔四基だから、一門当たりの破壊力でも、砲の門数でも、コロラド級を凌駕（りょうが）する。

日本海軍の「赤城（アカギ）」「長門（ナガト）」「陸奥（ムツ）」、イギリス海軍の「ネルソン」「ロドネイ」の主砲は、コロラド級と同じ四五口径四〇センチ砲であるから、サウス・ダコタ級はこれらの戦艦を圧倒できる。

火力では、紛（まぎ）れもない世界最強を誇る艦だ。

それだけに、主砲塔も大きい。

全長二〇八・五メートル、全幅三二・二メートルの艦体が支える上部構造物の大半を、四基の主砲塔が占めているようにも見えた。

六隻のサウス・ダコタ級のうち、四隻は合衆国戦艦の特徴である籠（かご）マストを持つが、二隻は箱を思わせるがっしりした形状の艦橋を持っている。

これは、一九三八年から四〇年にかけて、近代化改装が行われたためだった。

他の三隻の戦艦もサウス・ダコタ級と同様、三連装砲塔を前後に二基ずつ装備するが、主砲の口径も、艦の大きさも、サウス・ダコタ級よりやや小さい。

三五・六センチ主砲を装備するニューメキシコ級戦艦だ。

主砲の口径はやや小さいものの、砲身長は五〇口径と長い。日本海軍の金剛型（コンゴウ・タイプ）や伊勢型（イセ・タイプ）が装備する四五口径三五・六センチ砲よりも破壊力が大きく、砲撃戦になれば圧倒できる。

これら九隻の戦艦が、ウィルソンの指揮下に入るアジア艦隊の主力だった。

キャビテの一角（いっかく）にある司令部棟では、この日までアジア艦隊司令長官の職にあった人物が待っていた。

「海軍大将トーマス・ハート。アジア艦隊の指揮権をお渡しします」

「海軍大将ウィルソン・ブラウン。アジア艦隊の指揮権を継承します」

二人の将官――トーマス・ハートとウィルソン・ブラウンは互いに敬礼し、儀礼（ぎれい）的な挨拶（あいさつ）を交わした。

「本国政府は、日本と本気でやり合う腹を固めたというところかな？」

ハートはブラウンの向かいに腰を下ろし、探りを入れるような口調で聞いた。

「何故、そのようにお考えなのです？」

ブラウンは聞き返した。

階級は同じ大将だが、ハートは海軍兵学校で五期先輩であり、先任順位も上であるため、丁寧な話し方になっている。

「貴官のように、実戦的な指揮官を送り込んで来た以上、そのように考えざるを得まい」

ハートは、肩を竦めて答えた。

アジア艦隊は、フィリピンの治安維持や中国における合衆国の権益防衛が主任務だ。

指揮官の主な仕事は、シンガポールに駐留するイギリス東洋艦隊や、フランス領インドシナに駐留するフランス極東艦隊との調整や協議、上海に駐在する合衆国領事との打ち合わせであり、艦隊の指揮よりも、政治家や外交官としての能力が求められる。

ブラウンが本国で聞いたところでは、ハートはそつなく任務をこなしており、イギリス、フランスの提督や合衆国の外交官、極東陸軍司令官からの信頼が厚い、との評判を得ていた。

ところが、合衆国と日本の対立が深まるにつれ、フィリピンの周辺でも緊張が高まった。

一九四〇年の前半まで、アジア艦隊の戦力は、巡洋艦二隻、駆逐艦一三隻、潜水艦一二隻という小規模なものだったが、同年後半からは、戦艦や重巡、新型駆逐艦で編成された水雷戦隊といった強力な艦艇が次々と送り込まれた。

並行して、極東陸軍、極東航空軍も増強され、フィリピンは急速に戦時色を強めていった。

ハートは、艦船勤務と地上勤務をほぼ等分に経験して来たが、陣頭に立って将兵を率いる勇将型の指揮官ではない。

人事を担当する航海局は、「ハート提督は、文官に近い性格の持ち主であり、各部署や他省庁との調整に能力を発揮する」と評している。

一方のブラウンは、艦船勤務を中心に海軍生活を送って来た人物であり、積極果敢な闘志の持ち主だ。

そのような人物が後任となった以上、本国政府が対日開戦の腹を固めたと考えるのが自然ではないか、とハートは考えたのだろう。

「政府の考えは、私には分かりかねますが、政治面に関連して危惧していることが一つだけあります。イギリス、フランスの両国、特にイギリスが、我が国に敵対行動を取らないかどうか、です」

「その点については、心配はあるまい。私は在任中、イギリス、フランスの外交官や植民地の総督と何度か会談を行ったが、合衆国が日本と戦争状態に入っても、両国が日本の側に立って参戦することはないとの見通しを得られている」

ブラウンの懸念に対し、ハートはこともなげに応えた。

イギリスは一九〇二年、日本と同盟関係を結び、一九〇四年より始まった日露戦争では、日本国債の引き受け、情報の提供、極東に回航されるロシア・バルチック艦隊の英領への寄港拒否といった形で盟邦を支援した。

その同盟関係は、今日まで継続している。

盟約によれば、日本もしくはイギリスが、同時に二国以上の国と戦争状態に入った場合、締結国は参戦の義務を負うことになっている。

合衆国が対日戦争に踏み切っても、第三国が合衆国の側に立って参戦する可能性は小さい。

二国間戦争であれば、盟約に基づいてのイギリスの参戦はないはずだ、とハートは言った。

「イギリスにせよ、フランスにせよ、最優先に考えているのは自国の権益維持だ。それらが侵されぬ限り、両国の参戦はあるまい」

「両国が、軍需物資の提供という形で日本に協力する可能性は高いと考えます。ビジネス・チャンスを逸するほど、両国はお人好しではありません」

「そのためにアジア艦隊がいるのだ、ミスター・ブラウン」

ハートは小さく笑った。

合衆国が日本と戦争状態に入れば、ルソン島と海南島を結んだ線は、アジア艦隊が封鎖する。

そのような海域に、イギリスやフランスの船会社が船を乗り入れさせるとは考えられない。

「ならば、勝算は充分ありますな。日本艦隊など、アジア艦隊だけで圧倒できます。太平洋艦隊が出るまでもありません」

ブラウンは、胸を張った。

一九四一年七月現在におけるアジア艦隊の主だった戦力は、戦艦九隻の他、空母二隻、重巡五隻、軽巡七隻、駆逐艦四〇隻、潜水艦一八隻だ。

戦艦以外の戦力は、日本海軍の連合艦隊よりも少ないが、海戦の雌雄を決するのは何と言っても戦艦だ。

サウス・ダコタ級六隻とニューメキシコ級三隻があれば、日本海軍の戦艦部隊を打ち破るのは充分可能です、とブラウンは力を込めて言った。

「東郷提督の栄光など、既に過去のものとなっていることを、奴らに教えてやりますよ。貴様たちを待っているのは、トーゴーの栄光ではなく、ロジェストヴェンスキー（ジノヴィ・ロジェストヴェンスキー中将。日露戦争時のロシア・バルチック艦隊司令長官）の屈辱なのだ、と」

「日本海軍を甘く見ない方がよいぞ、ミスター・ブラウン。貴官も本国で聞いているだろうが、彼らは合衆国との建艦競争に敗北して以来、軍備の中心を空母と航空機に切り替えている。日本本土の船台上に据えられているのは、空母と巡洋艦、駆逐艦ばかりだ。彼らは戦艦に見切りを付け、空母と航空機を新しい海軍の主力に位置づけているのだ」

海軍兵学校の教官のような口調で、ハートは言った。

「空母と航空機で戦艦に対抗できると、彼らは本気で考えているのでしょうか？」

そのようなことは幻想に過ぎぬ——その意を込め、ブラウンは鼻を鳴らした。

「航空機で戦艦を撃沈できると最初に実証したのは、我が合衆国だぞ。ミッチェルの実験については、貴官も知っていよう」

一九二一年七月、陸軍航空隊のウィリアム・ミッチェル准将が、接収された旧ドイツ海軍の戦艦「オストフリースラント」を標的に爆撃実験を実施し、見事にこれを撃沈した。

ミッチェルはこの実験の後、戦艦無用論や陸軍航空隊を空軍として独立させるべきとの持論を説いて回ったが、政府にも軍上層部にも容れられることなく、一九三六年に没している。

「ミッチェル准将は、静止目標を攻撃したに過ぎません。乗員が一人もおらず、反撃もして来ない戦艦を沈めたところで、単なる標的演習と変わるところはありません」

「貴官はそう言うが、ミッチェルの実験から二〇年が経過している。航空機の性能は、当時とは比べものにならないほど進歩しているのだ。二〇年前には存在しなかった、航空機に搭載可能な魚雷といった兵器も出現している」

「軍艦の性能も、二〇年の間に進歩しております。アジア艦隊に配備された戦艦群は、いずれも近代化改装や対空火器の増強工事を受け、竣工時より性能が向上しています。何よりも、戦闘行動中の軍艦が航空機に撃沈された事例は存在しません」

「戦艦と航空機の関係が未来永劫変化しない、というものでもあるまい。日本海軍が、大艦巨砲から航空主兵に戦術思想を転換したのは、航空機の進歩を見越したからだと考えるが」

「先ほどから伺っていますと、提督は航空主兵思想を支持しておられるように見えますが」

「物事に絶対はない、と言いたいのだ。私とて、サウス・ダコタ級やニューメキシコ級がミートボール・マークの機体に沈められる光景など見たくはない。ただ、貴官の言葉からは、航空機の性能や日本海軍の実力に対する軽視が感じられる。古来、敵を侮って敗北したケースは枚挙にいとまがない。私は貴官に、敗将たちの列に加わって欲しくないのだ」

「御忠告には感謝しますが、私とて航空機の威力を軽視しているわけではありません。アジア艦隊には空母二隻が配備されていますし、極東航空軍との連携も考えております」

「いずれにしても、私の任期はこれで終わりだ。後は、貴官に全てを託すしかない」

ハートは軽く肩をそびやかし、思い出したように付け加えた。

「最後に、一点だけ希望を伝えておきたい。アジア艦隊の役割を、常に念頭に置いて欲しい。戦艦九隻を中心とした大艦隊がマニラ湾に展開しているだけで、日本にとっては大きな圧力になるのだから」

3

八月二日、大英帝国の貨物船「アルタイル」は、南シナ海の北部を、六ノットの速力で北北東に向かっていた。

船倉には、四〇〇〇トンのボーキサイトが積まれている。

目的地は、日本の横浜港だ。

日本では、アメリカ合衆国との関係悪化に伴い、軍用機の生産が急ピッチで進められている。

それに伴い、極東に植民地を持つ三国——イギリス、フランス、オランダからの軍需物資の輸入も、日増しに拡大している。

「アルタイル」の船長も、船員も、政治に関心はないが、これが大きなビジネス・チャンスであることは理解していた。

「船長、右前方に船影！」

現地時間の一三時過ぎ、見張員（みはりいん）が報告を上げた。

「軍艦か？　商船か？」

「距離があるため、はっきりとは分かりませんが、かなり高い船橋（ブリッジ）を持っています」

船長の問いに、見張りは即答した。

船長も、双眼鏡（そうがんきょう）を右前方に向けた。

一群の艦船が、「アルタイル」の前方を横切るように航進して来る。

こちらの姿が視界に入っていないはずはないが、回避行動を取るつもりはないようだ。

「二ノットに減速」

船長は、機関長に命じた。

「二ノットに減速します」

「前進微速」

機関長は船長の命令に復唱を返し、次いで機関室に指示を送った。

六ノットで航行していた「アルタイル」が、三分の一に速力を落とした。

右前方に出現した艦船は、「アルタイル」のことなど気にも留めぬように、右前方から正面へと移動して来る。

出現した艦船は、中型艦が三隻に小型艦が八隻だ。いずれも、檣頭（しょうとう）に星条旗を掲げている。

中型艦は、がっしりした箱形の艦橋を持っている。

ニューオーリンズ級かブルックリン級——アメリカ海軍の巡洋艦の中でも、新型に属する艦であろう。

「停船を求めるつもりでしょうか？」

「それはあるまい」

航海長の問いに、船長はかぶりを振った。

アメリカはアジア艦隊を大幅に増強し、対日開戦に備えているが、今はあくまで平時（へいじ）だ。

公海上にあるイギリス船籍の船に正当な理由なく停船を命じたりすれば、重大な外交問題に発展する。

三隻の巡洋艦と八隻の駆逐艦は、「アルタイル」の鼻先（はなさき）を横切り、左前方へと抜けた。

針路も、速度も変えることなく、西方へと向かってゆく。

　最後まで、「アルタイル」の姿など目に入っていないような振る舞いだった。

「速力、六ノットに戻せ」

　船長は、機関長に命じた。

「アルタイル」が速力を上げ、六ノットでの航進を再開した。

「アメリカ艦隊の針路を確認したのですが、このまま直進すると海南島（ハイナン・アイランド）に到着します」

　一等航海士が、改まった口調で報告した。

「海南島だと？」

　船長は眉（まゆ）をひそめた。

　中国との協定に基づき、アメリカ軍が進駐している島だ。

　これまでは小規模な地上部隊と水上機が送り込まれていた程度だったが、その島に巡洋艦と駆逐艦が向かっている。

　アメリカは、海南島の海軍基地化を完成させたということだろうか？

「嫌な予兆（よちょう）だな」

　唇（くちびる）を歪（ゆが）め、船長は呟いた。

　自分たちが今航行している海が、戦場となる日が近いのかもしれない——そんな予感を覚えた。

第二章　南海の封鎖線

1

八月四日午後、連合艦隊司令長官山本五十六大将は、内閣総理大臣の公邸にいた。

正面に腰を下ろしているのは、名工の手になる大仏像を思わせる、茫洋とした風貌を持つ人物だ。

昨年一月、首相の座に就いた海軍大将米内光政。山本や、第四艦隊司令長官井上成美中将と同じく、対米非戦派の最も有力な一員であり、江田島では山本の三期先輩に当たっていた。

米内が話を切り出した。

「残念ではあるが、日米交渉に進展はない。ワシントンでは重光大使が頑張ってくれているが、大統領や国務長官との会談では、同じ答が返って来るばかりとの報告だ」

「米国に、海南島から撤兵する意志はない、ということですな？」

「その通りだ」

「現場からの報告が、総理がおっしゃったことを裏付けています」

山本は、落ち着いた口調で言った。

一昨日、南シナ海で敵情を探っていた伊号潜水艦が、西に向かって航行する米艦隊を発見し、内地に報告を送っている。

艦隊の編成は、巡洋艦三隻、駆逐艦八隻と報告されており、針路は海南島を指していたという。

これまで米国が海南島に配備していたのは、小規模な陸軍部隊と、近海警備用の小型艦艇だけだった。

だが米国は、従来の兵力に加えて、海南島に有力な戦闘艦艇を配備したのだ。海南島からの撤兵どころか、日本を挑発するように兵力を増強している。

「米国からの要求に変化はない。満州国の解体と国民党政府への満州返還を呑まぬ限り、海南島からの撤兵はないとのことだった」

「正直な話、何故今になって、という疑問がありますな」

　山本は首を傾げた。

　満州事変が起きたのは昭和六年、満州国の建国はその翌年だ。

　国際社会は「日本の侵略行為だ」として非難し、国際連盟も満州国を承認しなかったが、当時、米国の姿勢はそこまで強硬ではなかった。

　日本に対する要求は、満州への米国資本進出に留まっており、中国に対して必要以上の肩入れをすることもなかった。

　日本が米国の要求を拒否しても、日米間の経済・外交関係は正常に維持されていたのだ。

　その態度が、一昨年から一変した。

　米国は日本に対し、満州国の解体と国民党政府への返還を執拗に要求し、軍事的圧力までかけ始めた。

米国が強硬姿勢に転じた理由を知りたいものです、と山本は言った。

「複数の理由が考えられるが、第一に、国民党の対米工作が実を結んだということがあるだろう。ルーズベルト大統領は中国贔屓で知られている。かの人物の目には、日本が可哀想な中国を虐めているように見えるのかもしれん」

　米内の言葉に、山本は小さく笑った。

「虐め」の一語が、状況を矮小化しているように感じられたのだ。

　米内は言葉を続けた。

「第二の理由だが、外務省は『米国の経済界が大統領を突き上げたのではないか』と推測している。仮に我が国が米国の要求を呑み、満州を中国に返還すれば、米国の資本がこぞって満州に進出する。蔣介石（中国国民党政府主席）も、米国資本の満州進出をルーズベルトに確約しているはずだ」

「三国干渉と同じですな」

　山本は、納得したように頷いた。

　明治二八年、ロシアがドイツ、フランスと組み、日本が清国より獲得した遼東半島の返還を要求したことは、日本人なら知らぬ者はない。

当時の日本には、これら三国を相手取れるだけの国力はなかったため、泣く泣く要求に応じた。

当の遼東半島は、その後ロシアが清国から租借し、南西端に位置する旅順に、大規模な軍港や要塞を建設している。

ロシアが日本に遼東半島の返還を要求したのは、自国が手に入れるためだったのだ。

米国が日本に満州の返還を要求しているのも、同地を自国の経済植民地とすることが目的であろう。

「第三の理由として、米中両国が、満州の社会資本が整備されるまで待っていた可能性が考えられる。満州国建国以来、我が国は巨額の国費を投じて、かの国の都市や鉄道網を整備した。大連、奉天、新京などの市街地、南満州鉄道の路線網、鴨緑江の水力発電所など、数え上げればきりがない。満州を中国に返還すれば、これらはそっくり中国の財産になり、満州に進出した米国資本も利用できる。我が国は、中国にくれてやるために国費を投じて、都市や鉄道を作ったことになる」

「豚は太らせてから殺せ、ということですな？」

「言い方は悪いが、その通りだ。満州は米中両国にとり、食べ甲斐のある豚になったわけだ」

山本はしばし沈黙し、思案を巡らした。

ややあってから、言葉を返した。

「米国の要求に応じるのも、一つの手かもしれません」

米内は、眉をぴくりと動かした。

「満州を手放せと言うのかね？　我が国が建設した社会資本と共に？」

「中国政府との交渉次第ですが、満州国を解体しても、同地の利権は維持できるのではありませんか？　元々我が国は、満州事変以前から、南満州に利権を有していたのです。事変以前に戻るだけです」

「国内が納得するまい。三国干渉と同じように、我が国が戦わずして米国に屈した形になってしまう。

下手をすれば、日比谷事件を上回る暴動が起こりかねない」

「米国と戦えば、我が国が受ける被害は、暴動の比ではないと考えますが」

「対外的にもマイナスだ。諸外国から、我が国は強く出られれば引っ込む国だと見られることになる」

「元々、満州建国そのものに大義がなかったのです。国際連盟で、満州国が承認されなかった事実を見てもお分かりでしょう。潔く非を認め、満州国の解体に応じるのも、一つの選択肢だと考えますが」

　米内は、数秒間沈黙してから応えた。

「一つの意見として、聞いておこう。個人的には君の考えに賛成だが、首相としては、そうも行かぬ」

　山本は、お察しします、と腹中で呟いた。

　米内も、閣内で苦しい立場に置かれているのだ。山本が米内の立場にあったとしても、「満州国の解体と中国への返還」を強引に通せる自信はなかった。

「対米戦については、陛下から『不戦にしかず』とのお言葉を賜っている。首相としては、戦争回避に最大限の努力をするつもりだ。だが、不幸にして開戦に至った場合についても、考えておかなくてはならない」

　ここからが本題だ――米内の言葉から、その意志が感じられた。

「率直に聞く。対米戦の見通しはどうかね？」

「勝算については、ないと言わざるを得ないでしょう。帝国海軍には、米海軍と正面から戦って勝てる力はありません」

　慎重に言葉を選びながら、山本は答えた。

　米内は連合艦隊司令長官や海軍大臣も経験しており、海軍の現状については知悉している。

　ここは、正直に話す以外にない。

「ですが、短期間であれば、米海軍に大きな打撃を与え、戦争の主導権を握れるのではないか、と考えます。その機会を捉えて米国と交渉すれば、我が国に有利な条件で講和に持ち込めるかもしれません」

「短期間とは、具体的にどの程度かね？」

「できれば一年。長くとも二年が限界と考えます。それを過ぎれば、米国の巨大な生産力がものを言うことは、総理もお分かりでしょう」

「二年を過ぎれば、彼我の戦力に大差がつく。そうなれば、勝算はゼロになる。それが君の主張か」

「おっしゃる通りです」

「これはGFの長官や海相を経験した立場からの質問だが、短期間であっても、米海軍に大きな打撃を与えることは可能か？」

「私は、可能だと考えております」

「実績がないからな、航空主兵思想には」

　難しい表情で、米内は言った。

「ニューヨーク軍縮条約の締結後の戦術思想転換は、今になってみると、非常に危ない賭けだった。可能性だけを信じて、まだ実証されていない戦術思想の採用に踏み切ったのだからな」

「現実問題として、大艦巨砲主義は放棄するしかなかったでしょう。ニューヨーク軍縮会議が開催された時点で、既に我が国は、戦艦の数で米国に大差を付けられていたのですから。我が軍としては、戦艦以外の武器で米海軍に対抗する手段を考えざるを得ません」

「潜水艦を主力にすべきという主張もあったと記憶しているが」

「潜水艦は、速力の遅さが難点となり、主力には不向きと判断されました。先の大戦におけるドイツのように、商船を中心に狙うのであればともかく、敵の主力は捕捉が困難です。GFでは、航空機や水上艦艇と合わせての活用を研究しております」

「仮に、航空機によって米艦隊に大打撃を与えたとしよう。そうなれば、米海軍もまた航空主兵への転換を図るのではないかね？　米国の生産力をもってすれば、短期間で多数の空母と航空機を揃えることは可能と考えるが」

「それまでの期間を見て、戦争は二年までと申し上げました」

「二年というのは、米海軍が戦術を航空中心に切り替えるまでの期間か」

「左様です。それを過ぎれば、遺憾ながら、我が軍は艦隊戦であれ、航空戦であれ、米海軍には歯が立たなくなるとお考え下さい」

「はっきり言うものだな。君が気休めを口にするような性格ではないことは分かっていたが」

　米内は苦笑しながらも頷いた。山本の率直な物言いに、好感を持ったようだった。

「私も、首相として約束する。まずは対米非戦のために全力を尽くす。不幸にして開戦に至った場合には、どんなことをしても短期間で決着させる、と」

2

「貴国との盟約に記されている通りだ、ミスター・ヨシダ」

　大英帝国首相ウィンストン・チャーチルは、ロンドン・ダウニング街の首相公邸を訪れた駐英日本大使吉田茂に言った。

「アメリカ以外の第三国が、アメリカの側に立って参戦した場合、我が国は盟約に基づいて参戦する。だが、戦争が日米二国間のものに限定されるのであれば、我が国は中立を守らざるを得ない。この点は、同盟の締結時から変化はない」

「我が国も、貴国の参戦までは求めません。我が国に好意的な立場を取っていただけるだけでも、ありがたいと考えております」

　吉田は頭を下げた。

　英国は、満州事変に際しては表向き日本を非難する立場を取ったが、満州を巡る日米の対立については静観の構えを取っている。

　日米開戦という最悪の事態に立ち至った場合には、日露戦争と同様、日本寄り中立の立場を取る旨を、日本政府に伝えていた。

チャーチルは、紅茶を一口すすってから言った。

「イーデン（アンソニー・イーデン。英国外相）も言っていたが、貴国とアメリカが開戦した場合、二国間だけの戦争となる可能性が極めて高い。第三国の参戦はないだろう、というのが、外務省スタッフの見通しだ」

「貴国の外務省が、そのように判断した根拠を御教示願えますか？」

「第一に、戦場の問題だ。貴国とアメリカが戦うとなれば、戦場は極東から西太平洋になる。これらの地域に権益を持つのは、我が国とフランス、オランダだが、自国の権益さえ守られればよいというのが三国に共通する考えだ。他の国々は、極東や西太平洋に権益を有しておらず、参戦する理由もない」

「中国、ロシアはどうでしょうか？　特に中国は、満州問題の当事国です。我が国が米国と戦っている間に、満州を取り戻そうとする可能性が考えられるのでは？」

「中国もロシアも、対外戦争を行う余裕はない。また、両国とも日英同盟の存在は知っている。両国に、我が大英帝国を敵に回す度胸はありはせぬ」

チャーチルは、うっすらと笑った。

英国は先の世界大戦で疲弊し、国力では米国に抜かれている。かつての世界帝国にも、衰退の影が見えている。

それでも、広範な地域に多数の植民地を有する世界帝国の地位は健在だ。

その自信を感じさせる態度だった。

「第二の理由として、先の世界大戦の記憶がまだ新しい、ということが上げられる。あのような惨禍は、二度と起こしてはならないと、ほとんどの国が考えている。我が大英帝国も同様だ」

「おっしゃる通りです」

チャーチルの言葉に経験者の重みを感じながら、吉田は言った。

先の世界大戦には、日本も連合国の一員として参戦したが、実際の戦いは、極東や西太平洋におけるドイツ植民地の攻略と、地中海に駆逐艦を派遣して、Uボート狩りに協力したことだけだ。

最も多くの戦死者を出した長期に亘(わた)る塹壕(ざんごう)戦は経験していない。

欧州の地上における戦闘は、日露戦役時の旅順攻防戦や奉天の会戦をも遥(はる)かに凌ぐ凄(すさ)まじいもので、この世の地獄(じごく)とも呼ぶべき光景が、至るところに現出(げんしゅつ)したという。

そのような経験をした人々が、戦争を忌避(きひ)するのは当然と言えたろう。

「御存知と思うが、ヨーロッパにも新たな大戦の火種(ひだね)があった。放置しておけば大火(たいか)になったかもしれぬが、幸い燃え広がる前に消し止められた。大戦の終結から二二年、ヨーロッパの国々は平和の中に時を過ごしている。この平和を壊したくないというのは、全ての人に共通する願いだろう」

チャーチルが言う「火種」とは、大戦終結後に誕生したソビエト連邦だ。

ソ連は全世界の共産化を目指し、共産党書記長ヨシフ・スターリンの下、急速な工業化と軍拡を進め、周辺諸国の脅威(きょうい)となりつつあったが、一九三八年、赤軍(せきぐん)が起こしたクーデターによって崩壊した。

共産党の主だった指導者は逮捕され、陸軍元帥(げんすい)ミハイル・トハチェフスキーが臨時首班(しゅはん)となって、ロシア連邦共和国が樹立(じゅりつ)されたのだ。

ロシアは情報を公開していないため、赤軍による反乱の全貌(ぜんぼう)は明らかになっていないが、一説によれば、赤軍幹部の粛清(しゅくせい)を図ったスターリンが逆襲されたのではないかと言われている。

ソ連崩壊後の混乱は、三年が経過した今も収まっていない。

地方では、共産党の残党(ざんとう)による反乱が頻発(ひんぱつ)し、新生ロシア政府も統制が行き届かない状態だ。

満州の守備に当たる関東軍は、国境の守りを固め、ロシア国内の混乱が満州に波及(はきゅう)しないよう努めているが、軍事衝突は起きていなかった。

先の大戦の敗戦国となったドイツでも、革命が起こりそうになったことがある。

敗戦に伴う天文学的な賠償金のために疲弊したドイツで、国民の不満と怨嗟の声が高まる中、国家社会主義を標榜する国家社会主義ドイツ労働者党が勢力を伸ばしていたのだ。

党首のアドルフ・ヒトラーは演説の名手であり、多くのドイツ国民の心を掴み、支持者を増やしていった。

順当に行けば、選挙による合法的な政権の獲得も可能だったかもしれないが、その夢はあっけなく頓挫した。

一九二三年の「ミュンヘン一揆」――ナチスがミュンヘンで起こしたクーデターが失敗に終わり、ヒトラーは警察との銃撃戦の中で死亡したのだ。

ナチスは一九二五年に活動を再開したが、政権を握るには至らず、野党の一つに留まっている。

ナチスによる政権奪取の見通しも、ドイツが強国として復活する可能性もなく、同国に対しては静観するだけでよい、というのが欧州諸国の共通認識だった。

「不幸にして、我が国が対米開戦に至った場合、貴国への要請が三つあります」

改まった口調で、吉田は言った。

「第一に、英連邦諸国に対する中立維持の働きかけ。第二に、極東植民地から我が国への戦略物資の安定供給。第三に、軍事技術の援助です」

英連邦に属する諸国のうち、日本が特に警戒しているのがオーストラリアだ。

オーストラリアが米国の味方に付いた場合、トラック環礁やパラオ諸島といった内南洋の基地が脅かされる。

「第一の要請については承ろう。連邦諸国も、好き好んで戦争に加わるつもりはないはずだ。万一、アメリカが連邦諸国に参戦の圧力をかけるようなことがあれば、我が国が阻止する」

チャーチルは自信ありげに頷いた。

「第二、第三の要請については、純粋に商取引の問題だと我々は考えている。正当な代価さえ払って貰えるなら、資源の輸出も、技術の供与も躊躇うものではない。この点は、フランス、オランダも同意見だろう」

「フランス、オランダには別個に交渉を進めておりますが、貴国と同様の回答があった旨、報告が届いております」

「問題は、貴国までの航路の安全だ。特に、南シナ海がネックとなっている」

チャーチルは机上に置かれている地球儀を回し、極東を吉田の目の前に持って来た。

「アメリカといえども、中立国の船舶を無差別に撃沈するような無法はしないだろうが、フィリピンと海南島の間に艦隊を展開させれば、日本に向かう船を臨検し、追い返すことが可能だ。我が国にせよ、フランス、オランダにせよ、否応なく戦争に巻き込まれる」

「資源の輸出や技術供与については、航路の安全確保が不可欠ということですな？」

「その通りだ。我が国の商船や船員の生命を、危険にさらすわけにはいかぬのでな」

「首相閣下のお言葉は、よく分かりました」

吉田は、恭しく一礼した。

南シナ海の制海権確保は、内地の大本営が最優先に考えていることだ。

海軍も、大幅に増強された米アジア艦隊の撃滅について、策を練っているという。

南シナ海の制海権奪取に成功すれば、資源の安定供給や、英国が持つ優れた技術の導入が期待できる。

「会談の結果につきましては、速やかに本国に報告を送ります。今後も、盟邦としての御支援に期待しております」

「忘れないでいただきたいが、ミスター・ヨシダ」

チャーチルの目が光ったように見えた。

「まずはアメリカとの戦争を避けるよう、最大限の努力をしていただきたい。天皇陛下(ヒズ・インペリアル・マジェスティ)も、不戦を何より望んでおられると思う」

3

戦艦「赤城」艦上の連合艦隊司令部に、その報せが伝えられたのは九月一二日だった。

(恐れていたことが、現実になったようだな)

航空参謀榊久平中佐は、長官公室に入室した山本五十六司令長官の様子を見て直感した。

顔が、幾分(いくぶん)か青ざめている。悪い報せを伝えようとしていることは明らかだ。

「米国政府から我が国政府に対し、二つの通告が突きつけられた。第一に、在米日本資産の凍結。第二に、石油の全面禁輸だ」

参集した司令部幕僚を前に、山本は本題から話し始めた。

「やはり……」

隣に座る政務参謀藤井茂(ふじいしげる)中佐の呟きが、榊の耳に届いた。

帝国海軍にとって、何よりも衝撃的な報せは、石油の輸出停止だ。

海軍の艦艇も、航空機も、石油がなければ動けない。石油の輸入先の中で、最も大きな割合を占めているのが米国なのだ。

米国は日本に対し、一種の兵糧攻め(ひょうろうぜめ)を仕掛(しか)けて来たことになる。

山本は言葉を続けた。

「資産凍結については、我が国政府も、国内の米国資産の凍結という形で対抗した。石油の入手先については蘭印の石油を買い付けることで、オランダ政府と合意に達している」

「米国が我が国に対して制裁を科(か)した以上、解除のための条件も伝えられたと考えますが?」

大西滝治郎参謀長の問いに、山本は答えた。

「満州国の解体と中国への返還については、これまでと同じだが、他にも幾つかの条件が加えられている。特に重要なのが、日英同盟の解消だ。米側としては、見返りとして、海南島からの撤兵と米アジア艦隊の縮小を申し出ている」

「呑めるものではありませんな」

大西が吐き捨てるように言い、首席参謀黒島亀人(くろしまかめと)大佐が付け加えるように言った。

「我が国の態度が頑(かたく)ななため、条件を吊り上げてきたということでしょうな」

「首席参謀の言う通りだろう。海軍中央では、米国は既に開戦の腹を固めている、と睨(にら)んでいる」

(長官が、最も望まれていなかった事態になろうとしている)

榊は、山本の内心を推(お)し量(はか)った。

山本は対米戦に勝算なしと考え、一貫して開戦反対の立場を貫いてきた。

だが、開戦に対して積極的なのは米国だ。

米国がやる気になっている以上、如何(いかん)ともし難(がた)い。自分が幾ら開戦に反対しようとも、止めようがない――そんな徒労感を覚えている様子だった。

「現在大本営では、帝国国策遂行要領の策定が行われている。開戦の時期や作戦方針についても、決定されるはずだ」

「対米開戦となった場合、我が方から仕掛けるのでしょうか?」

大西の問いに、山本は答えた。

「大本営では、米国が南シナ海の封鎖に踏み切った段階で宣戦布告(せんせんふこく)がされたものと見なしたい、との意見が支配的だ。米国の出方次第だろうな」

「向こうの出方を待つのではなく、こちらから打って出てはいかがです?」

大西が、意気込んだ様子で言った。

連合艦隊の指揮下にある各艦隊のうち、最も重要な戦力と見なされているのが、空母を中心とした第三艦隊と、基地航空部隊の第一一航空艦隊だ。

第三艦隊は正規空母六隻を擁しており、搭載機の定数は常用三六〇機、補用五四機となっている。

編成された当初は第一航空艦隊と呼称されたが、七月に建制化され、第三艦隊が正式名称となった。

作戦会議などでは「機動部隊」と呼ばれることが多い。

もう一方の第一一航空艦隊は、艦上戦闘機と陸上攻撃機を中心とした編成だ。

指揮下に六個航空戦隊を擁しており、平時は内地や台湾、朝鮮半島の飛行場に展開しているが、戦時には最前線の航空基地に移動する。

日米間の緊張が高まるにつれ、内地から前線への移動が始まっており、現在は第二一、二三の両航空戦隊が台湾南部の高雄、台南両飛行場に、第二四航空戦隊がパラオに、それぞれ展開して、対米開戦に備えている。

第三艦隊をフィリピン沖に派遣するか、台湾の二一、二三航戦を以て、米アジア艦隊に先制攻撃を加えてはどうか、というのが大西の主張だった。

山本は、たしなめるような口調で言った。

「こちらが先に手を出したのでは、分が悪くなる。戦争の収束も困難になる。三七年前、ロシアとの戦争に踏み切った当時の日本政府は、戦争の終着点まで見据えていた。我々も、三七年前の先達に見倣いたい、というのが、現政府の考えだ」

（いかにも長官らしい）

榊は、そんな感想を抱いた。

山本は、軍政畑を中心に海軍生活を送って来た人物だ。航空本部長、海軍次官といった、海軍省の要職を務めた経験を持ち、実働部隊の指揮官よりも、海軍大臣の方が相応しいとの人物評もある。

それだけに、戦争があくまで政治の延長であることを認識しており、戦争の終わらせ方まで視野に入れているのだろう。

「それではこちらが不利になりますぞ。攻撃こそ、最良の防御ではありませんか」

黒島も、積極策を主張した。

七月に行われた作戦会議で、黒島は、キャビテ軍港に対する奇襲を提案したことがある。

空母の艦上機と台湾に進出した基地航空隊でキャビテを攻撃し、在泊しているアジア艦隊の戦艦群を叩くのだ。

「米国は、我が国を威圧するつもりでアジア艦隊を増強したのでしょうが、こちらから見れば、飛んで火に入る夏の虫です。どれほど強力な戦艦であっても、港の中ではただの静止目標であり、撃沈は容易です」

黒島はそのように力説し、採用を強く求めた。

東京・目黒の海軍大学で行われた図上演習では、

「キャビテの在泊艦船のうち、米戦艦四隻、空母一隻撃沈、戦艦二隻、空母一隻撃破。日本側の損害は空母二隻喪失、一隻大破」

との結果が出されている。

喪失は、敵の空母艦上機とルソン島に展開する敵航空部隊の反撃によるものだ。

米アジア艦隊や米極東航空軍が、開戦に備えて警戒を強めていることを考えれば、危険が大きい作戦案であり、採否については保留となっていた。

対米開戦の可能性が高まった今、黒島は、キャビテ奇襲の採用を求めて来たのだ。

「首席参謀に賛成です。情報によれば、米アジア艦隊は九隻の戦艦を擁しています。私は、航空機は戦艦に勝利し得ると確信しておりますが、敵が九隻もいるとなりますと、厳しい戦いになることは避けられません。港から出て来る前に叩くのが、最も確実に勝利を得る道です」

大西も、強い語調で言った。

「戦術面だけを考えれば、諸官の意見は正しい。だがGFの責任者としては、政治に与える影響を無視できぬ」

山本は、苦渋の表情を浮かべた。

キャビテ攻撃の有効性は認めつつも、政治のことを考えれば、軽々(かるがる)しく動くわけにはいかない。その思いが、心中(しんちゅう)でせめぎ合っているようだった。

「航空参謀、意見はないか？」

大西が、榊に発言を促(うなが)した。

榊は航空戦の専門家として連合艦隊司令部に配属されたが、「航空機と艦艇を合わせた、海軍の総合力で敵に対抗すべき」との持論を主張している。

榊なら、独自性のある案を出すのでは、と考えたようだ。

「米アジア艦隊、特に主力となっている戦艦の撃滅を第一に考えるのでしたら、洋上に引っ張り出して叩いた方が得策(とくさく)です」

榊は、考えていた答を返した。

「停泊中の目標を叩くのは容易かもしれませんが、攻撃隊は目標に取り付く前に、敵戦闘機の迎撃を受ける可能性が大(だい)です。情報によれば、マニラ近郊の敵航空基地には、一〇〇機以上の戦闘機が展開しております。敵戦闘機の大規模な迎撃を受けた場合、艦戦隊はともかく、艦爆隊、艦攻隊にかなりの被害が生じます」

「機動部隊の艦上機は、常用だけで三六〇機だ。一〇〇機程度の敵機など、蹴散(けち)らせると考えるが」

黒島の反論に、榊は応えた。

「一度に出撃できるのは三六〇機の半数、一八〇機です。うち艦戦は七〇機程度ですから、敵戦闘機を完全に阻止し得るとは限りません。また米アジア艦隊は、戦艦の他に空母二隻を伴っています。状況次第では、空母艦上機も迎撃に加わります。そうなれば、母艦航空隊は大打撃を受けます」

「キャビテ攻撃では、地の利(ちのり)は敵にある。我が方は、敵が待ち受けている中に飛び込む形になる。それが航空参謀の主張か？」

大西の問いに、榊は「はい」と返答した。

「『我の全力を以て敵の分力を討(う)つ』は、戦術の要諦(ようてい)の一つですが、キャビテ攻撃は、我の分力で敵の全力に立ち向かう危険を冒(おか)すことになります。敵に、戦力集中の機会を与えるべきではないと考えます」

「問題は、どうやって敵を引っ張り出すかだ。米アジア艦隊の目的は、我が国の南方航路を遮断(しゃだん)し、軍需物資の輸送を阻止することだ。そのためには、必ずしもキャビテから出撃する必要はない。九隻の戦艦を中心とするアジア艦隊がルソン島に展開し、いつでも出撃できるとの構えを見せるだけで、南方航路は遮断できる」

　山本の問題提起に、榊は応えた。

「敵を引っ張り出す算段(さんだん)は、既に考えてあります」

4

　重々しい爆音と共に、巨大な四発機の影が、南の空から近づいて来た。

　エンジン・スロットルは絞り込まれているはずだが、かなりの轟音(ごうおん)だ。周囲の大気が、激しく震えている。「空の要塞(フライング・フォートレス)」という機名の通り、巨大な要塞に翼を付けて空を飛ばしたら、さもありなんと思われた。

　最初の一機が降りて来た。

　見るからにいかめしい、ごつごつとした機体だ。

　機首の形状は犬の鼻面(はなづら)を思わせ、胴体の上面と下面に一基ずつ設けられた旋回機銃座と側方機銃座からは、銃身が突き出され、周囲を睨んでいる。垂直尾翼は、巨大な背びれさながらだ。

　その機体が、風を巻き起こしながら滑走路上に滑り込み、数百メートルを滑走する。

　二機目、三機目と、四発機は切れ間なく着陸する。

　アメリカ本国から、ハワイ・オアフ島、ウェーク島、グアム島を経由して、はるばるフィリピンまで空輸された陸軍航空隊の新型四発重爆撃機ボーイングB17〝フライング・フォートレス〟の編隊が、ルソン島最大の航空基地であるクラークフィールドに到着したのだ。

機数は二八機。

既に一六機のB17が、同飛行場に展開していたから、合計四四機の「空の要塞」が、ルソン島に布陣(ふじん)したことになる。

「『空の要塞(フライング・フォートレス)』より『翼のある戦艦(ウィングド・バトルシップ)』と呼ぶ方が相応しいな」

アメリカ極東航空軍司令部で、B17の着陸を見守っていたアジア艦隊司令長官ウィルソン・ブラウン大将は、そんな感想を漏らした。

「合衆国が日本と戦端(せんたん)を開いたときは、四四機のB17が尖兵(せんぺい)を務めることになります。最初に台湾(タイワン)の敵飛行場を叩いて、制空権を奪い取れば、以後の戦いは一方的なものとなるでしょう」

極東航空軍司令官ルイス・ブレリートン少将はニヤリと笑った。

「攻撃力はどの程度かね?」

「一〇〇〇ポンド爆弾であれば、一機当たり最大一二発を搭載できます。攻撃距離が長くなれば、爆弾の搭載量は減りますが、タイワン南部の敵飛行場を攻撃するのであれば、八発の搭載が可能です」

同席している極東航空軍の作戦参謀デズモンド・メイリック中佐が言った。

「一機当たり八発、四四機で三五二発か。それだけあれば、たいした殺戮(キリング)が可能だな」

感嘆した声で言ったブラウンに、メイリックは言った。

「『空の要塞(フライング・フォートレス)』という機名は、決して大げさなものではありません。B17は要塞砲に匹敵(ひってき)する破壊力と強固な防御力を併(あわ)せ持つ機体です。日本軍の戦闘機など、寄せ付けないでしょう」

「タイワンを叩くだけに使うのは勿体(もったい)ないな。直接、日本本土を叩いてもおかしくない」

「残念ですが、そこまでの航続距離はありません。本国(ステーツ)の統合参謀本部は、日本が屈服(くっぷく)しない場合、直接日本本土を叩くことも考えていると聞いていますが、まだ構想の段階です」

（タイワン、沖縄と攻略して日本本土の南部に進攻するか、あるいは小笠原諸島を陥として、そこを足場に東京を直撃するかといったところだな）

日本周辺の地図を思い浮かべながら、ブラウンは統合参謀本部の考えを想像した。

トーキョーを叩くのであれば、アジア艦隊にやらせて欲しいものだ、と腹の底で呟いた。

B17が優れた機体であることは認めるが、破壊力では、戦艦の艦砲の方が遥かに大きい。

アジア艦隊の戦艦九隻を東京湾に展開させ、サウス・ダコタ級の四〇センチ砲弾、ニューメキシコ級の三五・六センチ砲弾を撃ち込めば、日本の首都など灰にできる。

もっとも、そこまで行くことはないだろう、とも思う。

日本を包囲下に置いて資源の輸送航路を遮断し、枯死に追い込むというのが、統合参謀本部の戦略だからだ。

「気がかりなのは、日本軍の動きです」

ブラウンに同行しているアジア艦隊の情報参謀ジヨナサン・フィールディング中佐が言った。

「タイワンに潜む現地人スパイの報告では、ここ一ヶ月ばかりの間に、多数の軍用機がタイワン南部の飛行場に移動したとのことです。一方、タイワン周辺でキャッチされた日本軍の通信は少なく、彼らが行動の秘匿に努めているものと推察されます。日本軍に先手を取られれば、B17といえども地上で撃破される恐れがあるのでは？」

「マニラ周辺の我が軍飛行場には、一五〇機以上の戦闘機が展開しており、レーダーによる監視網も敷かれています。日本軍がタイワンから長駆爆撃を仕掛けて来たところで、空中の塵にしてやるだけです」

メイリックが、気負った様子で言った。

本国からはるばる運んで来た「空の要塞」を、ジャップごときに壊されてたまるものか——そんな断固たる意志を感じさせた。

「そう言って貰えれば、我がアジア艦隊も安心できる。合衆国海軍が誇る最強の戦艦といえども、停泊中に爆撃を受ければ、損害は免れぬからな」

ブラウンが頷き、アジア艦隊作戦参謀のハーバート・M・スタントン中佐が先を続けた。

「我がアジア艦隊の任務は、南シナ海の封鎖です。そのためには、アジア艦隊がルソン島に健在でなければなりません」

「九隻もの戦艦が目を光らせている海を強引に押し通ろうなどと試みる船は、どこの国にも存在しないでしょうな」

ブレリートンが納得したように頷き、ブラウンに顔を向けた。

「アジア艦隊が厳然たる存在感を示すためにも、我が極東航空軍が、ルソン島の空を守らねばならぬ、ということですな？」

「その通り」

「我が極東陸軍は、楽をさせて貰えそうですな。海岸の防御陣地を守るだけで終わりそうだ」

同席しているアメリカ極東陸軍の参謀長リチャード・サザランド大佐が、苦笑して言った。

ブラウンは、サザランドに応えた。

「日本軍には、一歩たりともフィリピンの土を踏ませぬつもりだが、フィリピンの広さを考えれば、手薄な場所に上陸を許す可能性もある。そのときは、貴軍の出番だ」

「マッカーサー軍司令官（ダグラス・マッカーサー大将。アメリカ極東陸軍司令官）には、そのように伝えましょう」

サザランドは、満足げに言った。

「極東航空軍としましては、対日開戦が決まった場合、合衆国の側から仕掛けるのか、逆に日本が仕掛けて来るのを待つのかを知りたいのです。ブラウン提督は、何かお聞きになっていませんか？」

ブレリートンが、改まった口調で聞いた。

　ブラウンは、本国での海軍長官や海軍作戦本部長とのやり取りを思い出しながら答えた。

「海軍長官からは、『戦争は国務省から始まる』と伝えられた。まず正式な宣戦布告の手続きを行い、しかるのちに戦闘開始となる」

「陸上競技に喩(たと)えるなら、『フライングは許さぬ』ということですな?」

「陸上競技ならやり直しが利(き)くが、戦争でのフライングは、そうは行かぬ。こちらが最初の一発を撃ったら、合衆国にとっては分の悪い戦いになる。政府としては、あくまで合衆国を正義の側に置きたいはずだ」

「日本軍には、宣戦布告の前に行動を起こした前科があります。日露戦争(ルッソ・ジャパニーズ・ウォー)の開戦時、日本海軍の艦艇が、開戦前であるにも関わらず、砲門を開いた事例が記録されています」

　スタントンの発言を受け、ブラウンは言った。

「奴らが最初の一発を撃ったのであれば、遠慮は要らない。こちらは自衛の名目(めいもく)で反撃できる。容赦(ようしゃ)なく、叩き潰(つぶ)せばいい」

　その言葉を待っていたかのように、司令官室の電話が鳴った。

　ブレリートンの副官を務めるマーク・カービー少佐が受話器を取り、すぐにブラウンに渡した。

「アジア艦隊の参謀長からです」

　受話器を受け取ったブラウンの耳に、参謀長ハーラン・F・エリクソン少将の緊張した声が届いた。

「作戦本部より、南シナ海の封鎖命令が届きました。マニラ時間の一〇月一日〇時を期して、作戦を開始せよ、と伝えております」

5

　一〇月一一日一六時二〇分(日本時間)、日本帝国海軍第一航空隊に所属する九六式陸上攻撃機第八号機は、高度を三〇〇〇メートルに保ち、米国領ルソン島と中国領海南島の中間海域へと進入しつつあった。

第一航空隊は、第一一航空艦隊隷下の第二一航空戦隊に所属しており、九六陸攻七二機を擁している。

この一〇日前、米国が日本に対する制裁措置（そち）として、「海南島三亜（さんあ）とルソン島マニラを結んだ線上の封鎖」を宣言した。

日本国籍の船は無論（むろん）のこと、他国籍の船であっても、日本向けの荷を積んだ船の通行は一切（いっさい）認めないと、各国に向けて通告したのだ。

宣言が出された時点では、既に多数の巡洋艦、駆逐艦が、三亜、マニラ間の線上に展開しており、通行する船の臨検を始めていた。

日本から、シンガポールや仏印、蘭印に向かう船は、容赦なく追い返され、日本に向かう船もまた、引き返すよう命じられた。

極東に権益を持つ英仏蘭の三国は米国に抗議したが、米国政府は、

「極東の安全を保障するためには、この措置が不可欠と判断した。合衆国は、恒久的（こうきゅうてき）に封鎖を継続するつもりはなく、その時が来れば解除する」

と述べ、三国に理解を求めた。

第一一航空艦隊は一〇月二日より航空偵察を開始しており、この日は一二機の九六陸攻が高雄飛行場から飛び立ったのだ。

菊池英治（きくちえいじ）中尉を機長とする八号機は、三亜とマニラを結んだ線のほぼ中央を受け持っている。

広漠（こうばく）たる海面に、米国が引いた境界線の存在をうかがわせるものはない。

だが、仏印や蘭印に向かおうとした日本の商船が米軍の軍艦に臨検され、追い返されたのは事実だ。

南シナ海における米軍の洋上監視態勢を見極（みきわ）め、情報を持ち帰るのが、陸攻隊の責務だった。

「左二〇度に艦艇！」

副操縦員席から叫び声が上がった。菊池機の副操縦員を担当する石田次郎（いしだじろう）一等飛行兵曹の声だ。

「偵察員席からも見えます！」

石田に続いて、副偵察員を務める新井寿（あらいひさし）三等飛行兵曹が報告する。

「艦種は分かるか？」

「小型艦が二隻。駆逐艦と思われます」

「現在位置は？」

「マニラよりの方位三〇〇度、三四〇浬です」

菊池の問いに、新井は即答した。

「松永（まつなが）、司令部に打電。『米軍ノ哨戒（ショウカイ）艦見ユ。位置、〈マニラ〉ヨリノ方位三〇〇度、三四〇浬。哨戒艦ハ駆逐艦二。一六二六（ヒトロクフタロク）』」

「一二〇度に変針する」

新井は主電信員の松永幸夫（ゆきお）一等飛行兵曹に命じ、次いで全乗員に伝えた。

九六陸攻が左に旋回し、一二〇度、すなわち東南東に機首を向けた。

まっすぐ飛べば、マニラ上空に出る針路だ。

三亜からマニラまでの距離は、約六八〇浬。

米アジア艦隊が多数の艦艇を有しているからといって、くまなく艦船を配置できるとは思えない。

艦艇配置の密度を、探る必要がある。

菊池は、巡航速度の時速二八〇キロを保つ。

太陽を背にしているため、眩（まぶ）しさはさほどでもない。南シナ海の真っ青な海面が、視界の続く限り広がっている。

一五分ほど飛行したところで、

「右一五度に艦影二。駆逐艦のようです！」

主偵察員を務める末松健一郎（すえまつけんいちろう）一等飛行兵曹が叫んだ。

「先の発見位置からの距離は？」

「四〇浬です」

「四〇浬おきに、均等に哨戒艦を配置しているとすれば、洋上の一六箇所に駆逐艦が展開していることになるな」

末松の答を聞いて、菊池は米軍艦艇の配置を計算した。

今日はまだ遭遇していないが、艦艇の他、航空機も洋上哨戒の任務に就いているはずだ。

足の速い軍艦であればともかく、商船が米軍の封鎖線をくぐり抜けるのは至難であろう。

「松永、司令部に第二報だ。『新タナ米哨戒艦見ユ――』」

菊池が命令を口にしかかったとき、新井が緊張した声で叫んだ。

「左前方、米軍機！」

菊池は両目を大きく見開き、咄嗟に舵輪を右に回した。

水平旋回をかける九六陸攻の左脇を、カッターのような胴体を持つ双発機が、風を捲いて通過した。

コンソリデーテッドＰＢＹ〝カタリナ〟。米海軍の基地には、必ず配備されている飛行艇だ。

「敵機、左後方！　追って来ます！」

新井が、新たな報告を送った。

正確には「敵機」ではない。緊張状態にあるとはいえ、日本と米国はまだ戦端を開いていない。

だが、言葉の間違いを訂正する余裕はなかった。

菊池は、エンジン・スロットルを開いた。エンジン回転が高まり、速力が僅かに上がった。

「敵機、離れます。追って来られません！」

新井が、歓声混じりの声で報告した。

「どう出るかな、米軍は？」

菊池が呟いたとき、松永が報告した。

「米軍より入電。英語の平文で『立チ去レ』と伝えています」

「『立チ去レ』だけか？　他にはないか？」

「ありません」

「無視して構わんな」

菊池は小さく笑った。

米軍が発砲して来るとは、菊池は思っていない。

一空司令森敬吉大佐は、

「米軍が銃口を向けたとしても、あくまで脅しだ。奴らは、自ら戦争の引き金を引くつもりはない」

と伝えている。

そもそも、現海面は公海だ。米軍が幾ら警告を送ろうと、脅しに過ぎないはずだ。

「カタリナ反転。離脱します！」

新井の報告を受け、菊池はエンジン・スロットルを絞り、時速を巡航速度の二八〇キロに戻した。

菊池機は飛行を続ける。

一〇分ほど飛行したところで、新たな米軍の哨戒艦が見え始める。

これまでと同じように、駆逐艦が二隻だ。

対空射撃はない。九六陸攻など、目に入っていないかのようだ。

司令が言った通り、発砲を控えているのだろう。

菊池機は米軍の駆逐艦を右に見下ろしながら、上空を通過する。

「松永、司令部に打電。『米哨戒艦ノ位置、〈マニラ〉ヨリノ方位三〇〇度、二六〇浬及ビ三〇〇浬。哨戒艦ノ配置間隔ハ四〇浬ト認ム。一六五六（ヒトロクゴロク）』」

菊池が命じた直後、

「左前方にカタリナ二機！」

「右前方にカタリナ一機！」

石田と末松が叫び声を上げた。

菊池は舵輪を中央に保ち、機体を直進させた。

左前方から向かってきたカタリナが、続けざまに至近距離ですれ違う。

速力は遅いが、九六陸攻よりも重い機体だ。巻き起こす風に煽（あお）られ、機体がよろめく。

続けて、右前方のカタリナが接近して来る。

こちらは菊池機を押し潰さんばかりにして、頭上を通過する。

轟音がしばしコクピット内を満たし、他の音が全てかき消される。

かき乱された気流に機体が巻き込まれ、左右に大きく揺れ動く。

「畜生（ちくしょう）！」

菊池は、思わず罵声（ばせい）を漏らした。

米軍の狙いは明らかだ。衝突すれすれの危険飛行によって威嚇し、現空域から追い払うつもりなのだ。

菊池機と共に、高雄から出撃した一空の僚機も、同じような目にあっているかもしれない。

「カタリナじゃありませんね」

末松の言葉に、菊池は聞き返した。

「どういうことだ?」

「カタリナより胴体が太い上に四発機でした。新型機かもしれません」

菊池は、両目をしばたたいた。

機体が激しく動揺する中、操縦だけで手一杯であり、敵機の形状まで確認する余裕がなかった。

「敵機、右後方より接近!」

末松が新たな報告を上げた。

菊池は再びエンジン・スロットルを開き、速力を上げたが、今度は振り切れなかった。

米軍機は距離を詰め、九六陸攻に並進する。

末松の言う通り、四発機だ。

胴体は、カタリナより太い。その形状から、飛行艇であることははっきり分かる。

米軍機は、しばし菊池機と並進する。

胴体上面の旋回機銃座が、こちらに向けられているのがはっきり分かる。

彼我の距離は、五〇メートルあるかないかだ。銃撃を浴びせられれば、確実に命中する。

「米軍機より入電。『退去セヨ。シカラザレバ撃墜ス』」

「米軍機に返信。『当海域ハ公海ナリ』」

緊張した声で報告した松永に、菊池は命じた。

それだけで、こちらの意志は通じるはずだ。

「公海上に勝手に線引きをしているのは米国であり、日本が従う謂れはない」

と伝えたつもりだった。

すぐには、返事は来ない。

九六陸攻と米軍の四発飛行艇は、なおも並進する。

「米軍機より新たな入電。内容は変わりません。『退去セヨ。シカラザレバ撃墜ス』とのみ、伝えています」

「聞く耳持たずか」

松永の報告を受け、菊池は呟いた。

菊池機に対しては、全面的な服従のみを要求している。命令を拒み通し、戦闘にまで発展すれば、それを口実に、日本に宣戦を布告するつもりであろう。

「止むを得ぬ。索敵を終了し、引き上げる」

菊池は意を決し、部下たちに伝えた。

「よろしいのですか？」

「これ以上粘っても意味はない」

末松の問いに、菊池は答えた。

一空による航空偵察の目的は、米軍による洋上監視態勢を探ることだ。

米軍が四〇浬おきに哨戒艦を配置していることが分かった以上、目的は達成したと言える。

「松永、『了解。退去ス』と米軍に打電しろ」

「『了解。退去ス』と米軍に打電します」

菊池の命令を、松永が復唱した。

「打電完了」の報告を待って、菊池が舵輪を左に傾けたとき、

「左前方、カタリナ、カタリナ！」

石田が絶叫した。

カタリナの機首やコクピット、高翼式の主翼が目の前に迫った。

菊池が咄嗟に舵輪を右に倒したとき、機体の左方から、これまでにない強烈な衝撃と、金属的な破壊音が伝わった。

悲鳴と怒号、叫び声がコクピット内に渦巻く中、菊池機が左に大きく傾いた。

機体が錐揉み状に回転しながら墜落し始め、南シナ海の海面が急速に近づいて来た。

6

喨々たるラッパの音が、港内の海面を騒がした。

ハワイ・オアフ島の真珠湾だ。

常夏の島の眩い陽光が、居並ぶ太平洋艦隊の軍艦を照らし出している。

時折、港内に吹く風が、檣頭上の軍艦旗や、艦尾旗竿の星条旗をはためかせている。

埠頭に整列した軍楽隊が、勇壮な曲を奏で始めた。「錨を上げて」。一九〇六年、合衆国海軍中尉チャールズ・ツィマーマンが作曲し、現在は合衆国海軍の事実上の公式愛唱歌となっている曲だ。

港内では、停泊中の軍艦が動き始めている。

水道の出口に近い場所にいた駆逐艦が順次錨を上げ、港外へと向かう。

箱形の艦橋とスマートな艦体を持つ巡洋艦が続く。

一五・二センチの三連装砲塔五基を装備する軽巡洋艦と、二〇センチ三連装砲塔三基を装備する重巡洋艦だ。

いずれも、一九三〇年代の半ばから後半にかけて建造された艦だった。

湾の中央に位置するフォード島に係留されていた六隻の巨艦が、巡洋艦群に続いて動き始めた。

二六六・五メートルという長大な艦体に、四〇センチ連装砲塔二基ずつを前後に均等配置した艦だ。

レキシントン級巡洋戦艦。

一九一六年度の艦艇建造計画で建造された戦艦、巡洋戦艦一六隻のうち、サウス・ダコタ級戦艦と並ぶ有力艦だ。

火力はサウス・ダコタ級に一歩譲るものの、速力は最大三三・三ノットと、空母に匹敵する高速性能を誇る。

主砲は、サウス・ダコタ級のそれと同じく五〇口径の長砲身四〇センチ砲であり、装甲貫徹力が高い。

同時期に建造された海外のライバル——日本海軍

の長門型（ナガト）、イギリス海軍のネルソン級と戦えば、速度性能と長砲身四〇センチ砲の破壊力で圧倒できると考えられている。

六隻のうち三隻は、一九三三年から三七年にかけて実施された近代化改装のため、他の三隻と艦橋形状が異なっており、姉妹艦には見えなかった。

レキシントン級に続いて、同級に劣（おと）らぬ威容（いよう）を持つ二隻の巨艦が動き始めた。

主砲は、四〇センチ三連装砲塔三基。前部に二基、後部に一基を装備する。

全長は二四一メートルと、レキシントン級よりやや短いが、最大幅は僅かに大きい。

特徴的なのは艦橋だ。

改装後のサウス・ダコタ級戦艦と共通する塔状の艦橋が、中央にそそり立っている。

旧式戦艦が持つ籠マストや三脚檣（さんきゃくしょう）は、開拓時代における騎兵隊の砦（とりで）を想起させる形状だったが、この艦の艦橋は近代的な摩天楼を思わせる。

新鋭戦艦アラバマ級の一番艦「アラバマ」と二番艦「オハイオ」。

ニューヨーク軍縮条約の期限切れを待って、合衆国が建造した戦艦だ。

一番艦「アラバマ」には、太平洋艦隊司令長官ハズバンド・E・キンメル大将の旗艦であることを示す大将旗が翻（ひるがえ）り、音を立ててはためいていた。

合計八隻の戦艦、巡戦は、真珠湾と外海を繋（つな）ぐ細い水路を抜け、外洋へと進出する。

出口周辺では、多数の駆潜艇が展開すると共に、カタリナ飛行艇が低空で飛び回り、潜水艦に目を光らせていた。

「ルソン沖の一件について、本国（ステーツ）から情報は届いたかね？」

「アラバマ」の通信室とやり取りをしていた参謀長ウィリアム・スミス少将に、キンメルは尋ねた。

「ルソン沖の一件」とは、一〇月一一日、ルソン島の西方海上で、哨戒任務に従事していたアジア艦隊のカタリナ飛行艇が、日本海軍の九六式陸上攻撃機——合衆国では「ネル」のコード名で呼ぶ機体に「撃墜」された事件だ。

合衆国政府は、「ルソン島沖におけるカタリナの撃墜は、合衆国に対する明白な武力行使である」として、日本との外交交渉を打ち切った。

日本の駐アメリカ大使は国務省に日参して交渉の再開を呼びかけ、日本の外務省も駐日合衆国大使ジョセフ・グルーに会談を呼びかけているが、合衆国側は全てを峻拒している。

合衆国政府の方針が変わり、日本との外交交渉が再開されたとなれば、太平洋艦隊の計画も変更しなければならない。

「新しい情報はありません」

「全て予定通りか。政府は腹を固めた、というより、最初から固めていたのだろうな」

スミスの返答を聞き、キンメルは頷いた。

本国政府は、カタリナの撃墜事件を奇貨として対日開戦を決定し、Xデーを東部時間の一〇月一九日と定めた。

同日の一四時三〇分（夏時間）、合衆国は日本に宣戦を布告する。

太平洋艦隊隷下の各部隊は、それまでにトラック環礁とマーシャル諸島の近海に展開し、開戦と同時に要所を制圧するのだ。

「開戦劈頭のトラック、マーシャル制圧」は、以前から計画されており、太平洋艦隊も入念に準備を進めていた。

作戦準備の周到さから見て、本国政府が急遽対日開戦を決定したとは思えない。

政府は以前より対日開戦を決意しており、きっかけを探していたのだろう。

トラック、マーシャル近海における日本軍の哨戒網は、ウェーク島に駐留する航空部隊と潜水艦を使って、事前に調べ上げている。

太平洋艦隊の進撃ルートは、その哨戒網を避ける形で設定されている。

　また、トラック、マーシャルは、重要度の高い拠点だが、配備されている兵力は少ない。

　重巡以上の艦は一隻もなく、駆逐艦と駆潜艇、掃海艇等の補助艦艇が中心だ。

　奇襲に失敗し、強襲になったとしても、容易く叩き潰せる。

　失敗のしようがない作戦だった。

　洋上に進出した太平洋艦隊の諸艦艇は、ワイキキ・ビーチの沖で陣形を組み上げる。

　空母を中心とした任務部隊も、間もなく合流して来る予定だった。

　旗艦「アラバマ」から通信が飛び、全艦隊が二五五度、すなわちトラック環礁がある西南西に針路を取った。

第三章　猛然たる星条旗

1

連合艦隊旗艦「赤城」の長官公室には、一〇月二〇日の夜明け前から、山本五十六司令長官以下の幕僚が参集していた。

中央の机上には、「内南洋要域図」「南方要域図」と題された二枚の地図が広げられている。

前者は、内南洋と呼ばれる広大な海域を網羅した地図で、マーシャル、トラック、パラオ、マリアナの各諸島が含まれる。

後者は台湾以南、南シナ海の全域を網羅した地図だ。

「内南洋要域図」のうち、マーシャル、トラックには、既に米軍の侵攻を受けたことを示す、赤い駒(こま)が置かれていた。

「現在の状況を説明します」

政務参謀藤井茂中佐が、最初に口を開いた。

日本時間の一〇月二〇日三時三〇分（米国東部夏時間一〇月一九日一四時三〇分）、米国の首都ワシントンで、国務長官コーデル・ハルより駐米日本大使重光葵に宣戦布告の通告文が手交(しゅこう)された。

在米日本大使館から日本政府に報告が届いたのはその三〇分後、すなわち四時丁度(ちょうど)だ。

それから一時間余りが経過したとき、トラックの第四艦隊司令部から、

「我、空襲ヲ受ケツツ有リ」

との第一報が届いている。

攻撃を受けたのは、トラック環礁だけではない。

マーシャル諸島のクェゼリン環礁を守る第六根拠地隊や、同諸島のマロエラップ島を守る第五二警備隊、ウォッゼ島を守る第五三警備隊からも、

「我、空襲ヲ受ク。敵ハ四発重爆撃機約三〇機。〇(マル)五一九(ゴヒトキュウ)」

「我、敵艦隊ノ砲撃ヲ受ク。敵ハ戦艦一、巡洋艦二。〇五二二(マルゴフタフタ)」

「我、敵艦隊ノ砲撃ヲ受ク。敵ハ巡洋艦三。〇五二八」

といった報告が届いている。

米軍は対日宣戦布告と同時に、トラック環礁とマーシャル諸島で、一斉に攻撃を開始したのだ。

フィリピンの米軍は、まだ動いていない。

だが、米アジア艦隊や極東航空軍が増強されていることから考えて、今日中に行動を起こすことは間違いなかった。

「一連の外交交渉は、茶番に過ぎませんでしたな」

大西滝治郎参謀長がいかつい顔を紅潮させ、吐き捨てるように言った。

目の前に米国政府の代表がいたら、胸ぐらを掴んで揺さぶりかねない憤りようだった。

「米国は、最初から開戦を決めていたのです。南シナ海の一件は、その口実に使われたに過ぎません」

黒島亀人首席参謀が続けて言った。

「参謀長のお考えに賛成です。米軍がトラックへの攻撃を開始したのは、開戦通告の僅か一時間後です。これは、米海軍が予め艦隊をトラックに接近させ、米政府の命令を受けると同時に攻撃を開始したことを意味します。政府と軍がグルになって仕組んだ、実に汚いやり方です」

「開戦した以上、こちらも遠慮は要りません。マーシャル、トラックは反撃に出られる状況ではありませんが、フィリピンの米アジア艦隊を叩くことはできます。台湾の一一航艦に、すぐにでも攻撃を命じるべきです」

大西が詰め寄らんばかりの勢いで山本に具申し、幕僚たちの何人かも、賛同の意を表明した。

「落ち着け、諸君」

山本が言った。穏やかではあるが、有無を言わさぬ響きを含んでいた。

「頭に血を上らせたまま動けば、かえって敵の術中に陥る。冷静に、状況を見極めなければ」

「このままでは、トラック、マーシャルに続いて、台湾が攻撃を受けます」

　大西の言葉を受け、榊久平航空参謀が具申した。

「高雄、台南両飛行場には艦戦のみを残し、他の機体は一旦後方に下げてはいかがでしょうか？　米国が戦端を開いた以上、フィリピンの米軍は夜明けと同時に、高雄、台南への攻撃を開始すると考えます。飛行場施設もさることながら、艦戦や陸攻が地上で破壊される事態は避けねばなりません。ここは艦戦以外の機体を新竹に下げ、来襲する敵機を迎撃した方がよいと考えます」

「それなら、なおのことこちらからフィリピンを叩くべきだ。敵機を地上で撃破すれば、フィリピンの制空権を奪取できる」

　積極策を主張した黒島に、榊は反論した。

「先制攻撃をかけて来た以上、在比米軍も我が方のフィリピン攻撃を想定し、迎撃準備を整えていると考えられます。敵が準備しているところに仕掛ければ、我が方の損害も大きくなります。当面は受けに回り、敵に消耗を強いてはいかがでしょうか」

「消極的に過ぎないか？」

　大西が顔をしかめた。

「海軍の総合力で戦う」という榊の作戦構想は評価してくれているが、慎重論には賛同しかねる様子だ。

「フィリピンの米軍には、決定的な弱点があります。本国から遠すぎ、一旦失った兵力の補充は容易ではない、ということです。米国もそれを知っているからこそ、開戦前に大規模な兵力の増強を行ったのでしょう。その弱点を衝くべきです」

「受けに回った後はどうする？」

「機動部隊を出撃させ、基地航空隊と協同でフィリピンの米軍を叩きます。機動部隊と基地航空隊が全力を振るえば、フィリピンの米極東航空軍も、米アジア艦隊も、撃滅できると考えます」

　黙って聞いていた山本が口を挟んだ。

「戦力を集中してフィリピンの敵を叩けということか。筋は通っているな」

「航空参謀の策を採用されるのですか？」

黒島の問いに、山本は頷いた。

「米軍は時間をかけてフィリピンに兵力を蓄積し、開戦に備えて来た。台湾の部隊だけで仕掛けたのでは、兵力が不足し、敵に撃退される危険がある。ここは兵力の集中を考え、機動部隊の進出を待った方がよいだろう」

「受けに回った場合、我が方に有利な点が一つあります。台湾に対する米軍の攻撃が、爆撃機のみになる、ということです」

榊は、自分の主張に付け加えた。

「米軍の戦闘機は、マニラから高雄、台南まで往復できるだけの航続性能を持ちません。必然的に、台湾への攻撃は爆撃機だけとなります。我が軍の戦闘機隊は、護衛の付いていない裸の爆撃機を叩けばよいのです」

「……やってみよう」

山本は数秒間思考を巡らせ、断を下した。

「高雄の一一航艦司令部に、命令を伝えてくれ。高雄、台南から戦闘機以外の機体を避退させ、空襲に備えよ、と」

2

台湾南部の日本軍飛行場に空襲警報が鳴り響いたのは、九時四六分だった。

バシー海峡上空で索敵に当たっていた第二一航空戦隊隷下の九八式陸上偵察機が、北上する米軍機の編隊を発見し、緊急信を打電したのだ。

「敵四発重爆ノ編隊見ユ。位置、『高雄』ヨリノ方位一八〇度、一一〇浬。敵針路〇度。高度六〇（六〇〇〇メートル）。〇九二八」

高雄の第二一航空戦隊司令部と台南の第二三航空戦隊司令部は、敏速に反応した。

既に空襲を予期し、戦闘機隊を待機させている。

フィリピン攻撃の要となる陸上攻撃機——九六陸

攻、一式陸攻は、連合艦隊司令部の命令により、後方に避退させていた。

「かかれ!」

が下令され、艦戦隊の搭乗員が、駐機場の零式艦上戦闘機に向かって走り出す。

滑走路上に移動した機体が、エンジン・スロットルをフルに開き、土埃を巻き上げながら、次々と離陸する。

艦上機として開発され、身軽さを身上とする機体だけに、滑走距離はごく短い。一〇〇メートル程度を走っただけで、着陸脚が地面から離れ、上空へと飛翔してゆく。

台南飛行場からは、二三航戦隷下の台南航空隊に所属する零戦二七機が発進した。

各中隊毎に編隊を組み、南の空へと向かってゆく。

「俺たちも行くぞ!」

台南空が飛び去るや、第二三航空戦隊隷下の第八航空隊で飛行隊長を務める早乙女玄少佐が、搭乗員たちに声をかけた。

第三小隊長を務める刈谷文雄中尉と偵察員の佐久間徳藏二等飛行兵曹は、他の五四名の搭乗員と共に、駐機場に走った。

太い胴体を持つ双発機二八機が、暖機運転中だ。

高速で回転するプロペラが風を巻き起こし、噴き上げられた土埃が、機体の後方へと舞ってゆく。

スマートな零戦に比べ、みるからにいかつい。

逞しい胴体と前方に突き出した太いエンジン・ナセルが組み合わさった姿は、闘犬を思わせる。

一式戦闘攻撃機「天弓」。

日英同盟に基づく軍事技術交流の一環として、日本海軍に導入された機体だ。

英国のブリストル社が雷撃機の「ボーフォート」を元に、自社負担で開発を始めた機体だが、駐英大使館付武官から報告を受けた日本海軍が関心を持ち、開発予算を出資したという経緯がある。

日本での採用に当たっては、整備や補給の都合を

日本海軍 一式戦闘攻撃機「天弓」

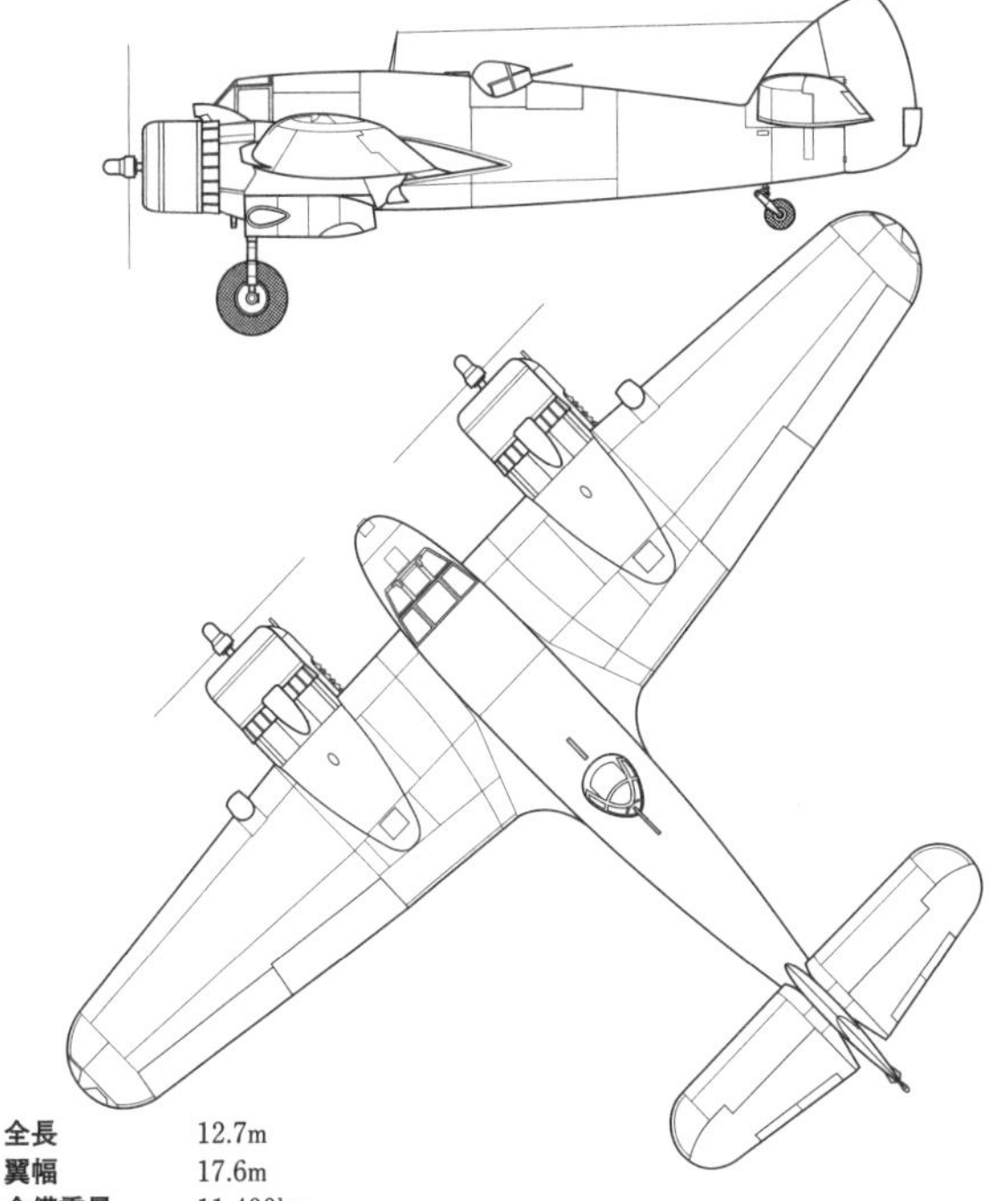

全長	12.7m
翼幅	17.6m
全備重量	11,400kg
発動機	三菱「火星」一一型 1,530馬力×2基
最大速度	508km/時
兵装	20mm機銃×4丁 7.7mm機銃×4丁(翼内) 7.7mm機銃×1丁(後席旋回) 800kg魚雷×1 または800kg徹甲爆弾×1 または爆弾500kg×2
乗員数	2名

英国・ブリストル社が開発中だった機体に対し、日本海軍が予算を拠出して完成させた戦闘攻撃機。英空軍に納入された機体とはエンジンおよび武装が異なる。

機首に20ミリ機銃4丁を装備するほか、両翼および偵察員席に7.7ミリ機銃を搭載するなど、これまで日本海軍が運用した機体には例がないほどの強武装を誇る。また、九一式航空魚雷や爆弾も搭載できるなど、攻撃機としての運用も可能で、日本海軍の主力攻撃機として期待されている。

考慮して、エンジンを一式陸攻と同じ三菱「火星」一一型に換装した他、投下装置を国産のものに交換し、九一式航空魚雷や八〇〇キロ徹甲爆弾の使用を可能とした。

特筆すべきは、強力な兵装だ。

機首に二〇ミリ機銃四丁を装備する他、両翼に七・七ミリ機銃各二丁、偵察員席に七・七ミリ旋回機銃一丁を装備する。

英国で採用された姉妹機の「ボーファイター」は、両翼に装備する七・七ミリ機銃を六丁としているため、天弓はやや火力が小さい。

だが、二〇ミリ機銃を四丁も装備する重火力の機体は、これまでに例がない。

海軍では、艦船に対する攻撃だけではなく、分厚い装甲を持つ重爆撃機に対する邀撃戦闘機としても期待をかけている。

八空に配備された天弓三〇機のうち、エンジン不調で出撃を見送られた二機を除く二八機が、南方洋上から迫る米軍の重爆撃機に立ち向かうべく、飛び立とうとしていた。

刈谷は整備員の手を借り、自機のコクピットに身体を収めた。

この機体のコクピットは機首付近にあるため、搭乗したときの感覚が九六陸攻や一式陸攻とは異なる。

鼻先はごく短く、大直径の「火星」一一型を収めた巨大なエンジン・ナセルが左右に見える。

陸攻の操縦員席よりも、機首にある爆撃手席に座ったときの感覚に近い。

天弓が、次々と滑走路上に移動を開始した。

早乙女隊長の機体が、真っ先に離陸を開始した。

軽快そうな機体だが、爆音は重々しい。

第一小隊、第二小隊各三機が発進し、刈谷機も第三小隊の先頭に立って離陸する。機首の前に見えていた滑走路が視界の外に消え、先に離陸した六機の天弓が正面に見え始める。

任務は迎撃であるため、胴体内には爆弾も魚雷もない。機体の動きは軽く、上昇速度も大きい。

「後続機、どうか?」

「三谷機、清水機、本機に追随しています」

刈谷の問いに、偵察員席の佐久間が返答した。

操縦員席と偵察員席には三メートルの距離があるため、命令の伝達や報告は、伝声管を通じてのやり取りになる。

「このまま六〇まで上がる」

刈谷は佐久間に伝え、なおも上昇を続けた。

英国で設計され、日本国内で生産された機体は、「火星」一一型の爆音を轟かせ、空中に散在する絹雲を突っ切り、高みへと上ってゆく。

高度計の針が六〇〇〇を指したところで、水平飛行に転じる。

敵機は、すぐには見えない。

前方には、台湾の真っ青な空と、ところどころに浮かぶ絹雲が見えるだけだ。

下方には、台湾南西部の海岸線と、南シナ海の真っ青な海面が見えている。

「早乙女一番より全機へ。現空域にて待機し、迎撃する」

飛行隊長の声が、無線電話機のレシーバーに響いた。天弓と同じく、英国からもたらされた機材だ。日本製の無線電話機よりも遥かに雑音が少なく、声を明瞭に聞き取れる。

「西一番、了解」

「刈谷一番、了解」

第二小隊長西隆一郎大尉が真っ先に返答し、刈谷も続いた。

敵機はまだ見えないが、高雄飛行場から出撃した零戦が、一足先に戦闘を開始しているはずだ。

「零戦が敵を撃退しちまって、俺たちの出番はなかった、なんてことになりませんかね?」

「それなら、それでいい」

佐久間の問いに、刈谷は返答した。

自分たちの役目は、高雄、台南両飛行場の防衛だ。

零戦が敵機を撃退すれば、目的は達せられたことになる。

気になるのは、索敵機が敵の機種を「重爆」と報告したことだ。

噂に聞くB17――「空の要塞」の異名を取る、四発の大型機かもしれない。

同機は防弾装甲が厚く、防御火器も多いという。

零戦だけでは、阻止し切れないのではないか。

「早乙女一番より全機へ。右前方、敵機！」

不意に、飛行隊長の叫び声が届いた。

刈谷は、右前方に視線を向けた。

最初は、蒼空の中にばらまかれた点のように見えたが、その一つ一つが左右に拡大し、飛行機の形を整える。

整然たる編隊形を組んだ、敵の重爆撃機だ。

その周囲に、多数の小さな機影が見える。八空より先に上がった、台南空の零戦だ。

零戦は、敵機の周囲を上下左右に飛び交い、両翼から射弾を撃ち込んでいるが、敵機は容易に火を噴かない。

主翼の後方に、うっすらと煙を引いている機体が何機かあるものの、致命傷は受けていないようだ。

冒険物語で読んだライオンと巨象の死闘を思わせるが、刈谷が見た限りでは、ライオンの方が分が悪いようだ。

身軽さではライオンが遥かに優るが、巨象の分厚い皮膚には、牙も爪も通用しない。

「やはりB17か」

刈谷は、敵機の機名を口にした。

一式陸攻や九六陸攻を大きく凌駕する爆弾搭載量と、零戦の二〇ミリ機銃でも容易に墜とせない防御力を併せ持つ重爆撃機。

機名の「フライング・フォートレス」――「空の要塞」を、そのまま具現化したような機体が、台湾上空に姿を現したのだ。

零戦隊は次々と機体を翻し、敵編隊から離れつつある。

零戦が両翼に装備する二〇ミリ機銃は、装弾数が一丁当たり六〇発だ。敵機に銃撃を繰り返すうちに、弾を使い果たしたと思われた。

B17は、八空との距離を詰めて来る。

整然たる編隊形は、ほとんど崩れていない。巨大な城郭が前進して来るような圧力を感じさせる。

「早乙女一番より全機へ。突撃せよ！」

無線電話機のレシーバーに、叩き付けるような命令が響いた。

八空の天弓が、一斉に散開した。

戦術については、出撃前に打ち合わせ済みだ。一個小隊三機で、敵一機にかかる。

「刈谷二番、三番、続け！」

刈谷は、三谷勝一等飛行兵曹の二番機、清水和則二等飛行兵曹の三番機に命じ、エンジン・スロットルをフルに開いた。

両翼二基の火星エンジンが咆哮し、天弓の機体が加速された。

爆音の猛々しさも、突進するときの勢いも、闘犬さながらだ。太く、逞しい胴体を持つ多用途機が各小隊毎に分かれ、B17の編隊に殺到する。

刈谷は、舵輪を左に回し、B17の一機に狙いを定めた。

敵は、回避する様子を見せない。編隊の定位置を保ち、悠然と飛び続けている。

天弓の動きなど、目に入っていないかのようだ。胴体が太く、鈍重そうに見える双発機に、たいしたことはできないと高をくくっているのか。

「舐めるな！」

刈谷は小さく叫び、B17に突進した。

敵の機体が、照準器の白い環の中で膨れ上がる。見るからに、ごつごつとした機体だ。機首から突き出されている銃身とおぼしきものが、昆虫の触角のように見える。

発砲は、ほとんど同時だった。

Ｂ17の機首に閃光が走り、細い火箭が噴き延びると同時に、刈谷も舵輪に付いている発射ボタンを押した。

機首の真下から、四条の太い火箭が噴き延びる。四丁の二〇ミリ機銃を集中配置しているためだろう、火箭が寄り合わさっているようにも感じられる。巨大な棍棒さながらだ。

その棍棒が、Ｂ17の右主翼に突き刺さる寸前、下方へと逸れた。四丁の二〇ミリ機銃から発射した射弾は、一発も命中することなく終わった。

「しまった！」

刈谷は舌打ちした。

発砲が早過ぎた。目測を誤り、射程外からの射撃になってしまった。

刈谷は左に旋回し、離脱する。

Ｂ17の巨体が、右前方から右正横へと流れる。敵機の大きさが、改めて実感される。

天弓と比べると、大人と子供の差がありそうだ。

三谷一飛曹の二番機、清水二飛曹の三番機も、続けて銃撃を浴びせたと思われるが、直接目視はできない。部下の動きに期待するだけだ。

三谷や清水から、「撃墜」の報告はない。二人の部下も、命中弾を得られなかったのかもしれない。

刈谷は小隊の二機を誘導し、敵編隊の後方に占位した。

白煙を引きながら高度を落としているＢ17が、二機ほど見える。刈谷の三小隊はしくじったが、銃撃に成功した小隊があったのだ。

ただし、まだ撃墜には至らない。

被弾したＢ17は、煙を引きながらも、懸命に編隊に追いつこうとしている。

「二番、三番、続け！」

刈谷は三谷と清水に下令し、エンジン・スロットルを開いた。天弓が再び加速され、Ｂ17群に追いすがった。

刈谷の第三小隊だけではない。

早乙女隊長が直率する第一小隊も、次席指揮官の西大尉が率いる第二小隊も、第四小隊や第五小隊も、敵編隊の後方から突進する。

太い胴を持つ双発機が多数、爆音を轟かせながらＢ17に追いすがる様は、巨大な獲物に襲いかかる猟犬の群れさながらだ。

Ｂ17群の動きに変化が生じた。

編隊全体の大きさが、縮小している。相互支援を行うべく、機体同士の間隔を、詰めにかかったのだ。

刈谷は構わず、新たなＢ17一機に狙いを定めた。

Ｂ17群も速力を上げているようだが、最高速度は天弓の方が上だ。

彼我の距離が詰まり、照準器の白い環の中で、敵の機影が拡大する。

Ｂ17の胴体下面に発射炎が閃き、細い火箭が噴き延びた。

機銃が振り回されているのか、火箭が右に、左にとしなう。鞭を振るい、天弓を搦め捕らんとしているかのようだ。

刈谷は、舵輪を左に、右にと回す。

天弓が左右に振られ、遠心力によって身体が振り回される。旋回に伴って速力が低下し、Ｂ17との距離が開く。

刈谷はＢ17の後を追う。

一旦遠ざかった巨大な機影が、再び近づいて来る。

正面から見た機影も大きかったが、後方から見た姿も巨大だ。垂直尾翼などは、見上げんばかりの高さを持つ。

胴体下面の旋回機銃が、再び火を噴く。青白い曳痕の連なりが、右に、左にと振り回される。

刈谷は機体を僅かに上昇させ、Ｂ17の真後ろに占位した。

敵機との距離を、一気に詰めた。敵機の尾部が目の前に迫った。

（ここまで詰めれば当たる）

そう確信し、刈谷は一連射を放った。

機首の下から四条の火箭がほとばしり、二〇ミリ弾の「炎の棍棒」が、B17に突き出される。

発射の反動を受けた照準器が、上下左右に振動し、B17の尾部が二重三重にぶれて見える。

刈谷の射弾は、狙い過たずB17の尾部を捉えた。垂直尾翼の付け根付近に、真っ赤な曳痕が突き刺さり、細長いものが後方に飛んだ。

二〇ミリ弾が方向舵の取り付け部に命中し、引きちぎったのだ。

刈谷は、機体を左に滑らせて離脱する。

後続する三谷機がB17の後方から銃撃を浴びせ、続けて清水機が肉薄して、二〇ミリ弾を叩き込む。

多数の二〇ミリ弾を撃ち込まれ、無数の破孔を穿たれたためだろう、B17の垂直尾翼が中央から折れ、後方に吹き飛んだ。

続けて左の水平尾翼が付け根付近からちぎれ、垂直尾翼の後を追った。

垂直尾翼と片方の水平尾翼を失ったB17は、大きくよろめきながら高度を落とす。

やがてバランスを崩したためだろう、機体が錐揉み状に回転しながら墜落し始める。

「二番、三番、よくやった！」

刈谷は、部下に賞賛の声を送った。

正面攻撃はしくじったが、後方からの攻撃は成功した。

零戦がなかなか墜とせなかった「空の要塞」を墜としたのだ。

四丁の機銃を機首に装備すれば、高い集弾性が得られる。

狭い範囲に多数の二〇ミリ弾が集中したことで、破壊力が大きくなり、垂直尾翼や水平尾翼を叩き折ったと思われた。

「もう一丁行くぞ！」

刈谷は、三谷と清水に下令した。

速力が低下し、編隊から落伍しかかっているB17に狙いを定め、右後方から突進した。

Ｂ17の胴体上面と右側面に発射炎が閃き、火箭が噴き延びる。七・七ミリクラスの小口径機銃のようだ。油断は禁物だが、コクピットやエンジンを直撃されなければ墜とされることはない。

刈谷は、距離が充分詰まるまで待った。

照準器が右主翼の中央を捉えたところで、発射ボタンにかけた親指に力を込めた。

みたび、二〇ミリ弾の「棍棒」がほとばしった。

射弾は、刈谷が狙った主翼ではなく、胴体の右側面に突き刺さった。何かがちぎれて後方に吹っ飛び、右側面の機銃が沈黙した。

刈谷は舵輪を左に回し、離脱する。Ｂ17の細い火箭が追って来るが、敵弾が天弓を捉えることはない。

刈谷に続けて、三谷機、清水機が射弾を浴びせた。

三谷機の射弾は右主翼の付け根付近に命中し、清水機の射弾は、一番エンジンと二番エンジンの間を一薙(ひとな)ぎした。

二基のエンジンから、前後して炎が上がった。炎は燃え広がって一つになり、右主翼全体を包んだ。

Ｂ17は力尽(ちからつ)きたように機首を下げ、炎と黒煙を引きずりながら墜落し始めた。

第三小隊が二機目を墜としたときには、何機ものＢ17が、炎や黒煙を引きながら高度を下げている。

敵は高雄飛行場への投弾を断念していないらしく、北上を続けているが、この状態では、統制の取れた爆撃はできないと思われた。

指揮官機から指示が飛んだのか、Ｂ17各機が爆弾槽を開いた。

黒い塊(かたまり)が次々と、投下され始めた。

戦闘は高雄飛行場の上空までもつれ込んでいるが、敵に編隊を組んで投弾する余裕はないようだ。爆撃というより、爆弾を投棄(とうき)しているように見えた。

Ｂ17が次々と反転し、避退に移る。

「逃がすな！」

「二番、三番続け！」

早乙女の声がレシーバーに響き、刈谷は三谷と清水に下令した。

遁走するB17を追って、反転した。

刈谷は、エンジン・スロットルを開く。

二基の「火星」一一型が高らかな咆哮を上げ、旋回によって速度が落ちていた機体が加速される。

B17の編隊が、たぐり寄せるように近づいて来る。

一機に狙いを定めたとき、敵機が上昇を開始した。

「逃がすか！」

吐き捨てるように叫び、刈谷は上昇に転じた。

刈谷の第三小隊だけではない。八空の全機が、逃げるB17を追って上昇する。

高度計の針は、六〇〇〇メートルからじりじりと上がってゆくが、B17との高度差は縮まらない。

天弓に比べ、二回りほど大きい機体だが、上昇性能は互角かやや上回るようだ。

「早乙女一番より全機へ。追跡中止」

飛行隊長の声が、レシーバーに響いた。

いかにも無念そうな響きだ。一機残らず叩き墜としてやりたかった――そんな思いを感じさせた。

「刈谷一番より早乙女一番。よろしいのですか？」

「飛行場防衛の目的は達成できた。今日のところはよしとしよう」

刈谷の問いに、早乙女は返答した。

「刈谷一番、了解」

「刈谷一番より二、三番。引き上げる」

刈谷は早乙女に応え、次いで三谷と清水に命じた。

自分たちの第三小隊は、初見参のB17を相手に二機撃墜の戦果を上げた。

零戦ではなかなか墜とせない強敵だが、天弓であれば撃墜できることも実証されたのだ。

日本側の勝利と見るべきだろう。

刈谷は反転する直前、敵機に向かって言葉を投げかけた。

「何度でも来い。次は全滅させてやる」

3

台湾の第一一航空艦隊司令部が送った報告電は、トラックの第四根拠地隊司令部でも受信された。

被弾を免れていた夏島の通信所が受信し、半地下式防空壕の司令部に届けたのだ。

「敵四発重爆約四〇機、『高雄』『台南』ニ来襲セリ。撃墜一二機。高雄飛行場ニ被害アレド損害軽微。離着陸ニ支障ナシ。二一航戦、二三航戦共ニ健在ナリ。一〇四〇」

報告電が打電されたのは一〇時四〇分だが、司令部が電文を受け取ったのは一三時過ぎだ。

春島、夏島が二時間に亘って艦砲射撃を受け、通信所からの連絡が遅れたためだった。

「米軍は、以前から開戦に備えていたのだろうな。周到に準備を進めていなければ、マーシャルとフィリピンで、一斉に攻撃を開始できるとは思えぬ」

「司令官が推察された通りでしょう」

第四根拠地隊司令官茂泉慎一中将の唸り声を受け、首席参謀の阿部徳馬中佐が応えた。

艦砲射撃が始まったときには、四根司令部も直撃弾によって粉砕されるものと覚悟していたが、幸い司令部用の半地下式防空壕への直撃弾はなかった。

「トラックの被害状況は、はっきりしたか？」

「少しお待ち下さい」

茂泉の問いを受け、通信参謀浦山千代三郎少佐が受話器を取った。

春島、夏島の飛行場や四根隷下の各部隊を呼び出し、「被害状況報せ」と命じる。

「敵の砲撃は、主として春島の南東岸、及び夏島の北岸に加えられたとのことです。沿岸部の砲台は、全て破壊されました」

各隊からの報告を受けた後、浦山は受話器を置いて言った。

「米軍の目標は、トラックの占領だな」

茂泉は、即座に敵の意図を見抜いた。

春島、夏島は、トラック環礁の中心地であり、第四艦隊の司令部施設、飛行場、給水施設、重油タンク、弾薬庫等が集中している。

この二島が陥ちれば、トラックは九割方敵の占領下に入ったと言っていい。

井上成美四艦隊長官は、「米軍の目的は、トラックの完全破壊だ」と言っていたが、敵の目標は井上の予測を超えていた。

米軍は開戦と同時に、外洋における日本軍最大の要衝を占領し、戦争の主導権を握るつもりなのだ。

「どうされますか、司令官？」

「あるだけの兵力で、反撃する以外にない」

阿部の問いに、茂泉は答えた。

第四根拠地隊が持つ陸戦兵器は小火器だけだ。

戦車はおろか、火砲すらほとんどない。

上陸部隊を海上で叩くための沿岸砲台は、先の艦砲射撃で破壊されている。

元々、トラックで地上戦闘が生起するような事態は、ほとんど想定されていなかったのが実情だ。

米軍の地上部隊が上陸してくれば、揉み潰されてしまうことは目に見えている。

だが、どれほど貧弱であっても、武器と兵力がある以上は、敵の上陸兵力に立ち向かわねばならない。

（陸戦隊が配備されていれば）

茂泉は、小さく溜息をついた。

マーシャル諸島のクェゼリン環礁には、米軍の上陸に備え、第二舞鶴特別陸戦隊が配備されていた。

彼らは上陸作戦や島嶼の防衛戦闘に入念な訓練を積んだ精鋭であり、米軍が上陸して来ても、容易には占領を許さなかったはずだ。

四艦隊の新長官に江田島同期の井上が任じられ、トラックに着任したとき、

「トラックに陸戦隊配備の要有り」

と、海軍省に意見を具申している。

海軍省からは、

「年内に配備予定で準備を進める」

との答が届いたが、間に合わなかったのだ。

仮に陸戦隊が配備されたところで、周囲の制海権を米軍に握られた状態では、全滅は免れなかったかもしれないが——。

「首席参謀、在トラックの全部隊に命令。『米軍上陸ノ可能性大。邀撃戦闘ニ備ヘヨ』と」

「『米軍上陸ノ可能性大。邀撃戦闘ニ備ヘヨ』。在トラックの全部隊に、御命令を伝えます」

改まった口調で言った茂泉に、阿部は応えた。

既に覚悟を決めているような口調だった。

「米軍の上陸前に四艦隊司令部が脱出できただけでも、喜ぶべきかもしれませんね」

「同感だ」

阿部の一言に、茂泉は頷いた。

「井上は、海兵三七期の中でも群を抜いた俊才だ。恩賜の短剣組というだけではない。対米非戦を唱えた見識の高さと、圧力や威迫に屈しない剛直さを併せ持っている。同期生の中で、あれほど眩しく見えた男はいない。三七期生の中で、最も早く大将に昇進するのは井上だろうと言われたほどだ。その井上がトラックで失われるのは、海軍だけではなく、日本にとっても国家的な損失だからな」

（貴様は生き延びろ。御国に尽くせ）

井上の痩せた長い顔を思い出しながら、茂泉は胸中で呼びかけた。

阿部に向き直り、改まった口調で言った。

「首席参謀、通信所に命じてくれ。トラックにおける敵の動きを全て、GF司令部に報告せよ。通信が可能な限り、打電を続けよ、と」

「米軍、トラックに上陸」の報を、井上成美第四艦隊司令長官は、パラオ諸島のコロール島にある第三根拠地隊司令部で聞いた。

第四艦隊の司令部幕僚がパラオに到着したのは、一七時一六分だったが、その一時間前に、

「敵ハ『夏島』北岸ニ上陸ヲ開始セリ。一六一三」

との報告電が、夏島の四根司令部から発せられたのだ。

「この電文を最後に、トラックからの通信は途絶えました。こちらからの呼びかけにも、応答はありません」

井上らを迎えた第三根拠地隊の司令官武田盛治少将は、沈痛な表情でその旨を報告している。

敵の攻撃で通信所が破壊されたのか、あるいは通信隊が自ら通信機を破壊したのか。

いずれにしても、一六時一三分時点でトラック環礁にいた日本軍部隊は、消息を絶ったのだ。

茂泉慎一司令官以下の四根司令部幕僚や、トラックの守備に当たっていた将兵に生還の望みがないことは、もはや明らかだった。

「おめおめと生き残ってしまった……」

井上は、自嘲的な呟きを漏らした。

茂泉の説得に応じ、四艦隊の幕僚と共にトラックから避退したが、自分の選択が正しかったと言い切れる自信はない。

海軍に奉職して以来、最も後ろめたさを感じた選択だ。

(皆、すまぬ)

置き去りにして来た四根の将兵に、井上は胸中で詫びた。その声が彼らに届くはずもなかったが、他になし得ることはなかった。

「長官、今後の方針について、御指示をお願いします」

矢野志加三参謀長が改まった口調で言った。

トラック環礁と、残留した将兵に対する思いを振り切るようにして、井上は顔を上げた。

「パラオより、四艦隊の指揮を執る。トラックでの戦死を覚悟した身だが、こうして生き残った。生き延びた以上は、四艦隊長官の責務を果たさねばなら

ない。諸官にも、幕僚の任を果たして貰う」

きっぱりした口調で、井上は言った。

矢野以下の幕僚たちは、安心したような表情を浮かべた。

普段通りの長官に戻ってくれた、と思ったのかもしれない。

（生き恥をさらしたなどとは思うまい。失敗を償う機会を与えられたと考えよう）

命令を下しながら、井上はそのように思いを巡らしている。

開戦前、井上は現首相の米内光政、連合艦隊司令長官の山本五十六らと共に、「対米非戦」を強く主張していた。

米国から突きつけられた、満州国の解体と中国への返還要求についても、

「満州を手放したところで日本が滅びるわけではないが、対米戦争は日本を亡国に導く。日本か満州かの二者択一なら、答は言うまでもない」

と主張したため、海軍内部の強硬派に脅迫を受けたり、陸軍の反米派に命を狙われたりしたこともあった。

井上が航空本部長の任を解かれ、第四艦隊司令長官に異動した後、日米関係は悪化の一途を辿った。

日米交渉は暗礁に乗り上げ、米国は対日制裁を次々と打ち出した。

井上は海軍省に宛て、対米非戦を訴える意見書を何度も送ったが、ことごとく黙殺された。

井上は、戦争回避のために何もできなかったのだ。

唯一、井上が意外に思ったのは、戦争が米国の先制攻撃で始まったことだ。

一連の対日制裁は日本に手を出させるための措置であり、米側から先に動くことはないと思っていたが、予想に反し、米軍は複数箇所で一斉に攻撃をかけて来たのだ。

米国は最初から対日開戦を決めており、いつでも戦争に移れるよう、準備を始めていたのではないか。

　自分や米内総理、山本GF長官が対米非戦を訴えたことは、かえって日本の足を引っ張り、米国を利したのかもしれない。

　だとすれば、生きて御国のために尽力することが、失敗を償う唯一の道だ。

　自分に、トラックからの退去を強く求めた茂泉も、それを望んでいるであろう。

　対米講和の実現こそが、茂泉以下の第四根拠地隊将兵に対する、何よりの供養になる。

　通信参謀の岡田貞外茂少佐に、井上は命じた。

「GF司令部に打電してくれ。『第四艦隊司令部ハ〈パラオ〉ニ健在ナリ。一七四五』とな」

4

「開戦劈頭で、ここまでの犠牲を払うとは……」

　山本五十六連合艦隊司令長官は天を振り仰いで嘆息した。

　トラック、マーシャルの失陥は、もはや避けられない。現地の守備隊将兵にも、生還の見込みはない。

　開戦と同時に、中部太平洋の最重要拠点と、多数の将兵を失ったのは、未曾有の国難と言っていい事態だ。

「井上四艦隊長官は御健在です」

「その点は、不幸中の幸いだが」

　大西滝治郎参謀長の言葉に、山本は応えた。

「我、敵機ノ空襲ヲ受ケツツ有リ。〇五一三」

　との第一報が入ったとき、山本は重要根拠地の危機以上に、井上成美第四艦隊司令長官の身を案じた。

　井上は、山本や米内総理と共に、戦争回避に尽力した仲であり、山本も、米内も、その見識を高く評価していた。

「井上は、海軍大臣に任じられてもおかしくない器量の持ち主だ。井上が海相になれば、万難を排して対米開戦を阻止するだろうに」

　とまで考えていた。

その井上が、対米戦の初日に落命するのではないか。空襲による戦死は免れても、責任感の強い井上のこと、最後までトラックに踏みとどまるのではないか、と危惧していたのだ。

だが、四艦隊司令部の健在は、井上の生存を意味する。おそらく敵の空襲から逃れ、トラックにあった九七大艇でパラオに脱出したのだろう。

トラックに取り残された将兵は、痛ましい限りだが――。

「長官、御指示をお願いします」

黒島亀人首席参謀が、おずおずと声をかけた。

顔色が、僅かながら青ざめている。

井上四艦隊長官の生存は喜ばしいことですが、我が軍はトラック失陥という重大事に直面しております、と言いたげだった。

「軍令部と海軍省に報告してくれ。『米軍、〈トラック〉ニ大挙(タイキョ)上陸セリ。第四艦隊司令部ハ〈パラオ〉ニテ健在ナレド、第四根拠地隊ヨリノ通信途絶セリ。一八〇〇(ヒトハチマルマル)』と」

山本は一語一語の意味を確認するように、ゆっくりと言った。

「『米軍、〈トラック〉ニ大挙上陸セリ。第四艦隊司令部ハ〈パラオ〉ニテ健在ナレド、第四根拠地隊ヨリノ通信途絶セリ。一八〇〇(ヒトハチマルマル)』。軍令部と海軍省に報告を送ります」

通信参謀の和田雄四郎(わだゆうしろう)中佐が命令を復唱し、長官公室より退出した。

山本は、幕僚たちを振り返った。

呼吸を落ち着かせ、重々しい声で告げた。

「由々(ゆゆ)しき重大事を迎えた今、私から諸官に伝えたいことがある。大局(たいきょく)を見失うな、ということだ」

幕僚たちは、互いに顔を見合わせた。

意外な言葉を聞いた、と言いたげだ。

「米軍に鉄槌(てっつい)を下す」といった言葉を予想していたのかもしれない。

「今回の戦争は、米軍に対する報復が目的ではないし、トラックやマーシャルで戦死した将兵の弔い合戦でもない。外交交渉の裏で、艦隊をトラック、マーシャルに接近させていたという卑怯な行為に激しい憤りを感じている者もいるだろう。だが、敵に対する報復、誰かの弔い合戦、そのような感情に囚われては、見えるものも見えなくなる。大局を見失わず、勝てないまでも最良の形で戦争を終わらせること。トラックやマーシャルで斃れた将兵は、それをこそ望んでいるだろう。

井上四艦隊長官がトラックから脱出したのも、大局を考えての行動だ。表面上は部下を見捨て、司令部だけの安泰を図ったように見えるが、四艦隊の任務はトラックの防衛だけではない。隷下の部隊がある限りは、指揮を執り続けなければならない。井上四艦隊長官は、最後まで責任を取るため、トラックから避退したのだ。くれぐれも、井上を責めないで貰いたい。むしろ、井上の勇気を見倣って欲しい。諸官に伝えることは以上だ」

山本が口を閉ざすと、黒島が真っ先に起立し、敬礼した。他の幕僚たちも、黒島に倣った。

「私たちは皆、長官と一心同体です。どこまででも、お供いたします」

「感謝する」

黒島が幕僚たちを代表して語った言葉に、山本は答礼を返しながら応えた。

「あちらは、たけなわとなっている頃か」

山本は、艦外を見やった。

「赤城」から少し離れた場所に、「赤城」と遜色ない巨体を持つ艦が係留されている。

檣頭には、第三艦隊の旗艦であることを示す中将旗がはためいている。

加賀型航空母艦「土佐」。

長門型戦艦の拡大改良型として建造が始まったが、ニューヨーク条約の締結に伴って艦種が変更され、空母として竣工した二隻の二番艦だった。

日本海軍 加賀型航空母艦「土佐」

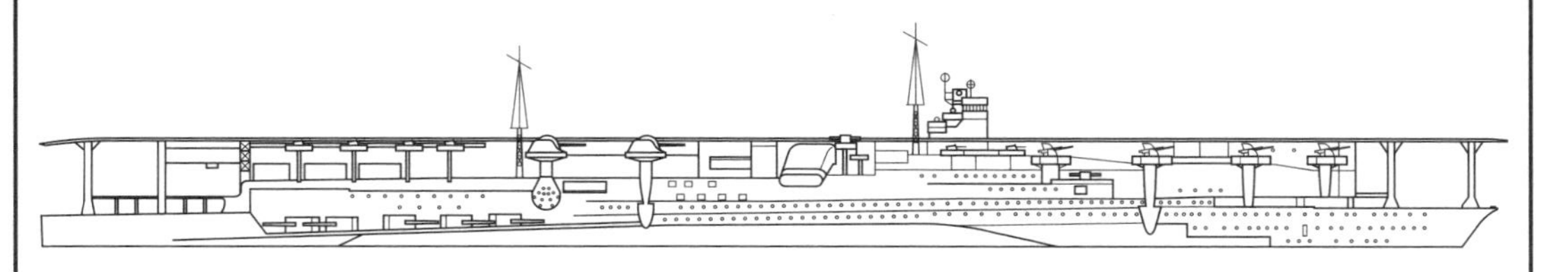

全長	248.6m
最大幅	32.5m
基準排水量	38,200トン
主機	艦本式タービン 2基 ブラウン・カーチス式タービン 2基 合計／4軸
出力	125,000馬力
速力	28.3ノット
兵装	20cm 50口径 単装砲 10門 12.7cm 40口径 連装高角砲 12基 24門 20mm 連装機銃 18基
航空兵装	常用 72機／補用 18機
乗員数	2,080名
同型艦	加賀

長門型戦艦「長門」「陸奥」の竣工に引き続き、その拡大発展版である加賀型の建造も開始された。本艦「土佐」は、三菱造船長崎造船所において建造が進められたが、ニューヨーク海軍軍縮条約で戦艦の建造が凍結されたことから、僚艦「加賀」とともに空母に改装されることとなった。しかし、当時の日本海軍には大型空母の建造実績がなく、改装工事は難航した。

空母竣工時は３層の飛行甲板をもっていたが、航空機の大型化により飛行甲板の全通化が必要となり、かつ、煙突からの排煙が発着艦に支障を来すと指摘されたことから、「加賀」と前後して大がかりな改装工事を施し、昭和11年２月に完成した。

現在の本艦は、常用72機、補用18機の運用能力に加え、長大な航続力を誇る大型空母として、日本海軍の航空主兵主義を支える大きな柱の一つとなっている。

5

このとき「土佐」の作戦室では、連合艦隊参謀長の大西滝治郎少将と航空参謀榊久平中佐が、第三艦隊司令長官南雲忠一中将、同参謀長酒巻宗孝少将らと向かい合っている。

南雲は水雷戦の専門家であり、航空戦には素人だが、艦隊の運用に長けている。

酒巻は江田島卒業後、すぐに航空界に進んだ人物だ。空母「加賀」の飛行長、小型空母「鳳翔」の艦長を務めた経験もある。

艦隊運用の名人が指揮官を務め、航空戦の専門家が参謀長として補佐する形だった。

「まず、現状についてお話しします」

大西が、作戦会議の口火を切った。

榊が、南雲と酒巻の前に「内南洋要域図」と「南方要域図」を広げた。

「日本時間の本未明、トラック、マーシャルが米軍の奇襲を受けました。米軍は既にトラック、クェゼリンに上陸部隊を送り込み、占領にかかっております」

「四艦隊司令部からの報告電は、『土佐』でも受信している。トラック、マーシャルは、既に敵の手に陥ちたと考えて間違いないのだろうな？」

確認を求めた酒巻に、榊は答えた。

「おっしゃる通りです。トラックにも、マーシャルにも、充分な守備兵力は配備されていません。無念ではありますが、陥落は時間の問題でしょう」

「台湾はどうだ？」

「高雄飛行場が、フィリピンの米軍航空部隊による攻撃を受けましたが、撃退したとのことです」

「フィリピン、海南島は開戦前から米国が押さえていた。トラック、マーシャルは開戦と同時に陥落した、か。我が国を包囲しようとしているようだな」

南雲が広域図を見つめながら言った。

「それが、米国の狙いだと考えます。マーシャルから海南島に至るまでの巨大な包囲の環で我が国を囲み、次第に環を縮めてゆくつもりでしょう」

「パラオは、今のところ無事なようだが」

酒巻が、地図上のパラオ諸島を指した。

トラック環礁とフィリピンの中間にあるパラオだけは、日本側が押さえている。

「米軍は、トラックの次にパラオを陥としにかかって来るでしょう。米軍の立場で見た場合、パラオを占領すれば、マーシャルからフィリピン、海南島に至るまでの長大な包囲の環が完成します」

「我が軍は、包囲の環を食い破らねばならぬということだな？」

「おっしゃる通りです。三艦隊には、その先陣を務めていただきます」

南雲の問いに、大西が答えた。

南雲と酒巻は顔を見合わせ、頷き合った。

六隻の正規空母を擁する第三艦隊は、海軍の新たな戦術思想となった航空主兵主義の象徴的な存在であり、かつての戦艦部隊に替わる新たな帝国海軍の主力だ。

その第三艦隊に先陣を命じられることは、想定していたようだった。

「攻撃目標は？」

「フィリピンです」

南雲の問いに、大西は即答した。

フィリピンは、日本本土と南方資源地帯の間に立ち塞がる巨大な障壁だ。

特に、ルソン島に展開する米アジア艦隊は南シナ海を封鎖している。

アジア艦隊を撃滅し、封鎖を解かねば、戦争遂行に必要な資源が日本に入って来ない。

フィリピンの制圧は最優先事項です、と大西は強調した。

「海南島はいいのですか？」

酒巻の問いには、榊が答えた。

「フィリピンを陥落させれば、海南島は立ち枯れとなります。フィリピンの制圧後、降伏を呼びかければ、高確率で応じると考えられます」

「二艦隊はどう動く？」

南雲が質問を重ねた。

第二艦隊は重巡洋艦を中心とした水上砲戦部隊で、近藤信竹中将が指揮を執っている。

対米戦では、フィリピン攻略作戦の支援部隊として、上陸部隊を輸送する船団の護衛を担当する。

現在は、台湾の台北で待機中だ。

「二艦隊には、必要に応じて三艦隊の支援に当たっていただきます」

「分かった」

大西の答を受け、南雲は頷いた。

「問題は、アジア艦隊をどう叩くかだな。敵は、戦艦だけでも九隻を擁している。しかも、うち六隻は米軍最強のサウス・ダコタ級だ」

酒巻が言った。

江田島卒業後、直ちに航空界に進んだだけに、航空機の力を信じている人物だが、その酒巻にとっても、九隻の戦艦は脅威に映るようだ。

「停泊中のところを叩けば、撃滅は容易ではないか？　水深の浅い港湾では魚雷は使えないが、急降下爆撃と水平爆撃でかなりの被害を与えることが可能と考えるが」

南雲が意見を出した。

「停泊中のところを攻撃した場合、マニラ近郊の飛行場から発進した戦闘機に大規模な迎撃を受けます。艦爆、艦攻が投弾前に多数撃墜されては、肝心のアジア艦隊に打撃を与えることができません」

榊が答えた。

情報によれば、米軍はルソン島北部に電波探信儀を設置し、航空攻撃に備えている。

電波の監視網が張り巡らされている現在、奇襲はまず不可能です、と榊は強調した。

「電探か」

酒巻が、ぼそりと呟いた。

　帝国海軍でも、電探の有用性には着目しており、昨年から正規空母への装備や前線基地への配備を進めている。

　ただし、国産では満足できる性能のものがなかなか出来ず、英国から導入した機材を使用していた。

「悔しい話ではありますが、電波の利用技術については、米国の方が我が国よりも数歩先を行っております。この現実は、認めなくてはなりません」

　榊の言葉に、南雲が応えた。

「技術の立ち後れに不満を言うつもりはない。空母に電探が装備されているだけでも、有り難いと思っている」

「話を戻しますが、アジア艦隊を撃滅するには、ルソン島の制空権奪取が不可欠です。最初にマニラ近郊の敵飛行場、次にアジア艦隊という手順で攻撃することで、艦爆、艦攻は敵戦闘機に妨げられることなく、敵艦を存分に叩けます」

　大西の言葉を受け、南雲が言った。

「マニラ近郊の敵飛行場には相当数の敵戦闘機が展開している。飛行場を叩くだけでも、被害が生じることは避けられないと考えるが」

「敵飛行場攻撃につきましては、一一航艦と連携を取っていただきます」

　大西が微笑した。

　台湾にいる第二一、二三航空戦隊は、B17の迎撃戦で若干の喪失機を出したが、一式陸攻、九六陸攻の装備部隊は健在だ。

　一一航艦隷下の二個航空戦隊と第三艦隊が協同すれば、ルソン島の敵航空兵力を撃滅し、制空権を奪取できるはずだ。

「塚原と共に戦えるのか」

　南雲が喜色を浮かべた。

　第一一航空艦隊司令長官の塚原二四三中将は、南雲の江田島同期だ。

　当初は航海術の専門家を目指したが、少佐に進級した直後から航空界に転じ、空母「鳳翔」「土佐」艦長、航空本部の部員といった職を歴任した。

航空戦については、精通していると言っていい。

頼もしい戦友だ、と言いたげだった。

「トラックとマーシャル、特にトラックに侵攻して来た米軍の動きが気がかりです。米軍は開戦劈頭、トラックとマーシャルを攻略し、一気に間合いを詰めて来ました。トラック、マーシャルに充分な守備兵力がなかったとはいえ、進撃速度は驚くべきものです。この勢いのままフィリピンに到達して、アジア艦隊と合流する可能性はないでしょうか？」

酒巻の問題提起に、榊が答えた。

「米軍がトラックの先に進撃するためには、トラックを前線基地に仕立て上げる必要があります。米国の国力が強大であっても、本国から遠く離れた南海の島々、それも今日まで敵地であった場所に港湾施設や飛行場を建設し、艦船用の燃料や弾薬といった補給物資を集積するには、ある程度の時間がかかります。ＧＦ司令部では、その時間を三ヶ月程度と見ております」

「来年の一月二〇日前後か。それまでには米アジア艦隊を撃滅し、フィリピン制圧を完了させなくてはならぬ、ということだな？」

確認を求めた南雲に、大西が頭を下げた。

「お願いします、長官」

「最善を尽くすと約束しよう」

南雲は大きく頷いた。

大西は、榊を促して立ち上がった。

「私たちは明日の朝一番で台湾に飛びます。三艦隊との連携について、塚原長官とも打ち合わせをして参ります」

「よろしく頼む。塚原に『共に戦えることを楽しみにしている』と伝えてくれれば幸いだ」

第四章　反撃の銀翼

1

マニラ近郊にあるアメリカ極東航空軍の飛行場に、開戦以来初めての空襲警報が鳴り響いたのは、一〇月二四日の六時五〇分だった。

夜が明けてから、一時間ほどが経過している。

けたたましい警報が鳴り響く中、戦闘機隊の基地であるザブラン、イバの両飛行場では、数十機の戦闘機が駐機場に引き出され、出撃準備を整えていた。

極東航空軍に配備されている戦闘機は、カーチスP40〝ウォーホーク〟とカーチスP36〝ホーク〟、セバスキーP35の三機種だ。

P40は一九四一年一〇月時点における合衆国陸軍航空隊の主力戦闘機で、極東航空軍には一〇七機が配備されている。

P36、P35は、P40に比べれば低性能であり、旧式機と見なされていたが、二機種合計六八機が配備されていた。

対日開戦以来、戦闘機隊の出番はまだない。

フィリピン、台湾間の航空戦は、クラークフィールドに展開するB17が一方的に仕掛けているだけだ。

そのB17も、敵戦闘機の迎撃を受け、大きな被害を出している。

開戦時には四四機が配備されていたが、うち七機が失われ、八機が修理中だ。

現在の稼働機数は、三〇機を割り込んでいる。

合衆国の戦略爆撃機は、「戦闘機の護衛なしで任務を遂行できる爆撃機」というコンセプトで設計されており、B17は多数の防御火器と分厚い装甲鈑で守られていた。

開戦前は、日本軍の戦闘機など寄せ付けるものではないと信じられており、タイワン南部の敵飛行場など、一度か二度の爆撃で壊滅させることができると見積もられていた。

そのB17が、一六パーセントの機体を失ったのだ。

極東航空軍司令部は、タイワンに対する長距離爆撃を一〇月二〇日、二二日の二回実施した後、作戦方針の立て直しにかかっていたが、新たな方針が定まる前に、日本軍が反撃に出て来たのだ。

駐機場では数十機の暖機運転音が轟き、大気を震わせている。

「早くしろ、まだか！」

各中隊の指揮官が、焦慮を露わにして怒鳴る。

レーダー・サイトが報告した敵機の位置は、クラークフィールドよりの方位三五〇度、一一〇浬。

爆撃機であれば、四〇分ほどで到達する。

邀撃準備を整える時間は充分あるが、攻撃を受けるのは初めてであるだけに、誰もが焦りを隠せない。

今にも上空に、ミートボールと呼ばれる赤い円を描いた機体が出現し、爆弾を降らせるのではないか——基地全体が、そんな危機感に煽られていた。

暖機運転が終わったＰ40が、順次滑走路に移動し、離陸に移る。

最終的に、七〇機のＰ40がザブラン、イバの両飛行場より発進し、針路三五〇度、すなわち北北西へと向かった。

離陸したＰ40は、機体の右側面に陽光を浴びながら上昇してゆく。

「敵の位置、クラークフィールドよりの方位三五〇度、六〇浬」

レーダー・サイトからの報告が、飛行場の指揮所を通じて、Ｐ40各機に送られる。

「『キング・リーダー』より全機へ。一万八〇〇〇フィート（約五五〇〇メートル）まで上昇する」

七〇機の統一指揮を執る第一六戦闘機中隊の指揮官ダドリー・マクレーン少佐の声が、全パイロットのレシーバーに響いた。

「『クイーン・リーダー』了解」

「『ナイト・リーダー』了解」

各中隊の指揮官も、機体を上昇させつつ返答する。

「『ビショップ・リーダー』了解」

第二二戦闘機中隊（22FS）の指揮官ロス・カーター大尉も、マクレーンに返答した。

カーターの指揮下にあるP40は一一機だ。中隊の先頭に立ち、高度を上げてゆく。

右方から、亜熱帯圏の眩い陽光が射し込んで来る。

離陸した直後は、ルソン島の緑に覆（おお）われた大地が翼下に見えていたが、今、眼下にあるのは南シナ海の真っ青な海面だ。

戦闘機隊は、ルソン島の西岸に沿って、タイワンから来襲する敵機に向かってゆく。

「ジャップめ、出て来やがったか」

カーターは、機体を操（あやつ）りながら呟いた。

極東航空軍でも、日本軍の反撃は予期していた。

攻撃力ではB17に及ばないが、日本軍にもタイワンからルソン島まで往復可能な航続距離を持つ爆撃機がある。

九六式陸上攻撃機（タイプ96アタッカー）や一式陸上攻撃機（タイプ1アタッカー）――合衆国では「ネル」「ベティ」と呼称する機体だ。

極東航空軍の戦闘機隊には初見参となる。

「戦闘機はいるでしょうか？」

「おそらく爆撃機単独だろう。タイワンからルソンまで往復できる戦闘機があるとは思えん」

二番機に搭乗するモーリス・デニスン中尉の疑問に、カーターは答えた。

「飛行場の手前で一機残らず叩き墜としてくれるぞ、ジャップ」

カーターは、彼方（かなた）から迫る敵に呼びかけた。

ネルにせよ、ベティにせよ、B17ほどの防御力は持たないはずだ。P40が装備する一二・七ミリ機銃で、容易く撃墜できる。

高度計の針が一万八〇〇〇フィートを指したところで、カーターは水平飛行に戻る。

前方には、先行する中隊のP40が見えている。

カーターは僚機を見失わぬよう注意しつつ、指揮下の一一機を誘導する。

「『ナイト・リーダー』より全機へ。右上空、敵機！」

第一九戦闘機中隊（19FS）隊長ジョニー・クィン大尉の声がレシーバーに響いた。

「あんなに上……？」

22FSの第二小隊長サミュエル・グラム中尉が、驚いたような声を上げた。

カーターは右上空を見た。

遥か上方に、多数の黒い点が見える。距離はあるが、並びは整然としていることが分かる。

日本軍の爆撃機が緊密な編隊形を組み、南下しているのだ。

P40群との高度差は、六〇〇〇フィートから七〇〇〇フィート（約一八〇〇～二一〇〇メートル）といったあたりか。

「『キング・リーダー』より全機へ。上昇する！」

「右正横、敵機（ボギー）！」

マクレーン少佐の叩き付けるような命令に、悲鳴じみた声が重なった。

咄嗟に右を向こうとしたカーターの目に、二機のP40が火を噴き、墜落してゆく様子が映った。19FSの所属機だ。

「敵機、我が隊にも――」

続けてグラム第二小隊長の声が届き、何かが壊れるような音と共に中断した。

右後方を振り返ると、二条の黒煙が下方に延びている様（さま）が見える。グラム機とビル・マークス少尉が搭乗する二小隊二番機が、編隊から姿を消している。

「どこだ、敵機は⁉」

カーターは、苛立（いらだ）って叫んだ。

撃墜された四機のP40がどこから銃撃を受けたのか摑めない。敵機の姿も見えない。

得体（えたい）の知れない東洋の魔術（オリエンタル・マジック）にかけられたような気がした。

「太陽だ！　陽光の中だ！」

レシーバーに飛び込んだ叫び声で、ようやくカーターは状況を悟（さと）った。

敵戦闘機は、陽光を背に奇襲をかけて来たのだ。

「『ビショップ』全機、垂直降下！」

カーターは、指揮下の九機に命じた。

同時に、操縦桿を右に傾け、右フットバーを軽く踏んだ。

Ｐ40の機体が右に横転し、前を行くＰ40群が反時計回りに九〇度回転した。

機体が右の翼端を先にして、垂直に降下する。

左の翼端付近を真っ赤な曳痕がかすめ、次いで黒い影がカーター機の左方に抜けた。

間一髪で、敵弾の回避に成功したのだ。

数十メートル降下したところで、カーターは機体を水平に戻す。

前上方でも、後ろ上方でも、Ｐ40と敵機の空中戦が始まっている。

Ｐ40は液冷エンジン機だが、敵機のエンジンは空冷のようだ。

機首は丸く、滑らかだ。主翼は薄く、胴体もほっそりしている。体操選手のように、引き締まった姿だ。

その敵機に、Ｐ40がエンジン音を轟かせながら突進する。液冷エンジン機らしからぬ太い機首を持つ機体だが、速度性能は決して低くはない。獲物を襲う肉食獣さながらの勢いで、敵機との距離を詰めてゆく。

「『ビショップ』続け！」

カーターは、麾下の九機に命じた。

操縦桿を手前に引き、上昇にかかった。

敵戦闘機よりも、高空を飛行する爆撃機の群れが目標だ。

マニラ周辺の飛行場、特にB17の基地となっているクラークフィールドをやらせるわけにはいかない。

「敵機、左前上方！」

デニスンの叫び声が、レシーバーに響いた。

三機が、左前方から向かって来る。全機が、カーター機を狙っているように見える。

「くそったれ！」

アメリカ陸軍 P40 ウォーホーク

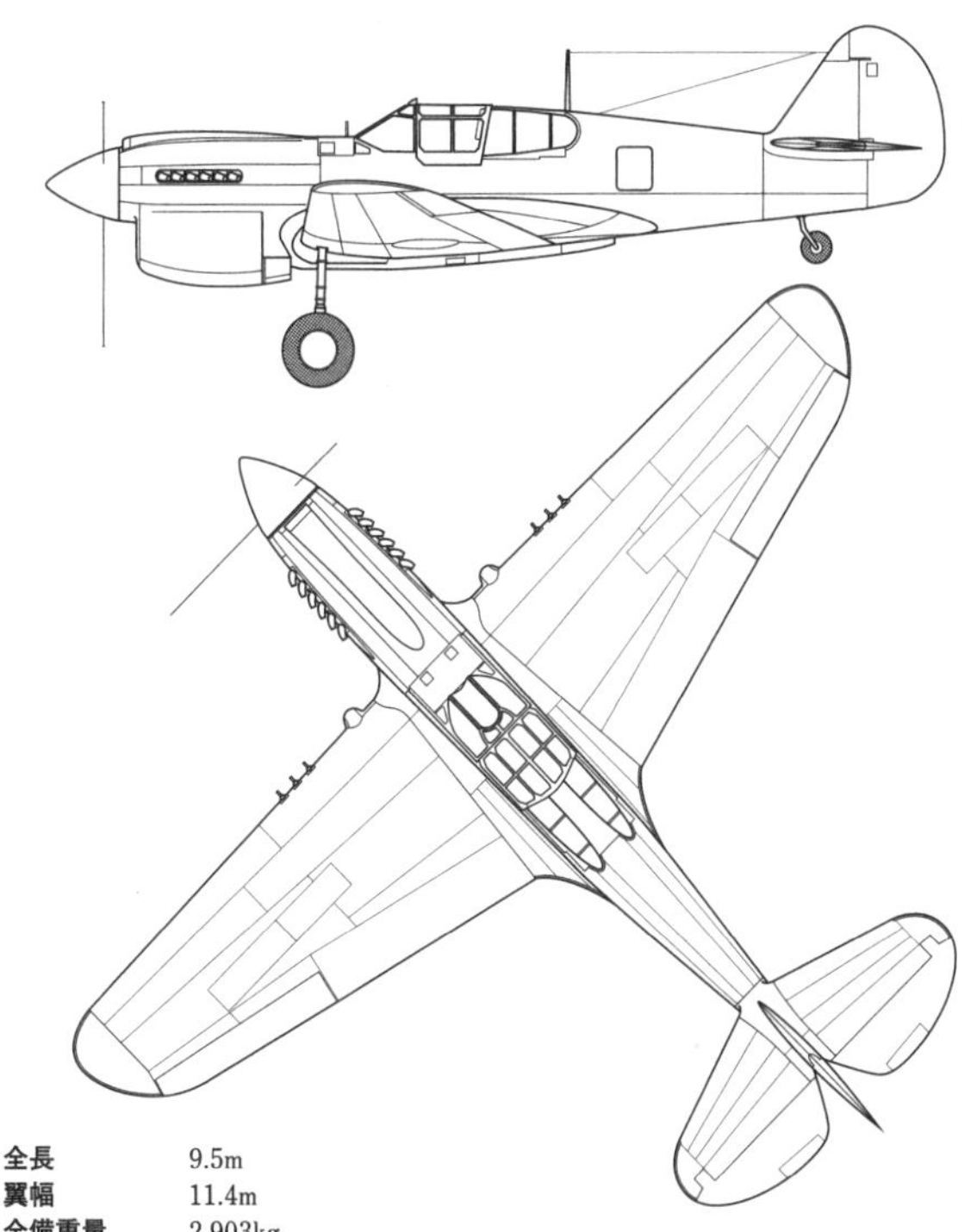

全長	9.5m
翼幅	11.4m
全備重量	2,903kg
発動機	V-1710-39 液冷V型 1,150馬力
最大速度	589km/時
兵装	12.7mm機銃×6丁(翼内) 227kg(500lb.)爆弾×1
乗員数	1名

1938年、カーチス・ライト社は、自社のP36戦闘機を空冷エンジンから液冷のアリソンエンジンに換装した改造版XP40を初飛行させた。試験飛行の結果、時速50キロ以上の速度向上が認められ、直ちに量産が開始された。量産型のP40は、機体構造を大幅に見直すことで強度を増し、さらなる速度向上と武装強化を実現している。

1941年現在、アメリカ陸軍航空隊の主力戦闘機として、米本土、ハワイならびに極東航空軍に多数が配備されている。

カーターは一声叫び、敵機に機首を向けた。

バックミラーには、後続機の機影が映っている。こちらは一〇機、敵は三機だ。負ける道理がない。

彼我の距離が急速に詰まる。丸みを帯びた敵機の機首が、みるみる膨れ上がる。

「くたばれ！」

叫ぶと同時に、カーターは機銃の発射ボタンを押した。両翼の前縁に発射炎が閃き、青白い火箭がほとばしった。

ブローニング一二・七ミリ機銃六丁の一連射だ。弾道の直進性が高く、射程が長い。合衆国戦闘機の標準装備となっている長槍だ。

敵一機が左に、二機が右に、それぞれ急旋回をかけた。カーター機の一二・七ミリ弾は、全て大気だけを貫いた。

後続するＰ40も次々と射弾を放つが、一二・七ミリ弾が敵機を捉えることはない。敵のパイロットは、火箭をかいくぐるようにして回避している。

恐ろしく素早い機体だ。体操選手のようだ、という第一印象は間違いではなかった。

「一小隊右旋回、二、三小隊左旋回！」

カーターは早口で、部下に指示を送った。敵機が、中隊の後方に回り込むと直感したのだ。

操縦桿を倒し、右旋回をかける。

Ｐ40が右に大きく傾斜し、急旋回に入ってゆく。左向きの遠心力がかかり、体重が倍加したように重くなる。尻はシートにめり込み、身体はコクピットの内壁に押しつけられそうになる。

「敵機、後方！　振り切れない！」

カーターのレシーバーに絶叫が飛び込み、次いで破壊音、短い苦鳴が届いた。

数秒後、今度は小隊三番機がやられる。

「畜生！　何なんだ、こいつは！」

という罵声を残し、通信が途絶する。

カーターは歯噛みをしながらも、旋回を続ける。

操縦桿は、ほとんど限界に近い角度まで倒している。旋回半径は、最小限まで絞り込んでいるはずだ。必ず、敵機の背後を取れると信じていた。

だが、二度、三度と旋回を繰り返しても、敵機の尾部は見えて来ない。

「隊長、垂直降下を！」

「分かった！」

デニスンの叫びに、カーターは即答した。操縦桿を更に倒すと共に、右フットバーを軽く踏んだ。

急角度で旋回していたP40が横倒しになり、右の翼端を先に降下を始める。

「敵機、追って来ます！」

デニスンの叫びを受け、カーターはエンジン・スロットルを開く。

バックミラーを見ると、カーター機、デニスン機と敵機の距離が開きつつあるのが分かる。急降下速度はP40が優るようだ。

敵機を振り切ったと確信したところで、カーターはデニスンを従え、再度の上昇にかかる。

上空では、P40と敵機が入り乱れ、射弾を叩き込み合っている。

P40は猛速で突っ込んでは、両翼の一二・七ミリ機銃を放つが、敵機は右に、左にと急旋回をかけ、P40に空を切らせる。

射弾を回避するだけではない。急角度の水平旋回、あるいは垂直旋回をかけ、P40の背後を取る。

敵機の両翼に発射炎が閃き、真っ赤な火箭がP40の主翼や胴を襲う。

P40の胴体からジュラルミンの破片がちぎれ飛び、あるいは主翼が叩き折られる。

コクピットに直撃を受けた機体は、風防ガラスの破片を撒き散らしながら墜落する。

P40の射弾を浴び、墜落してゆく敵機もあるが、被害は明らかにP40の方が多い。

「『ビショップ2』付いて来い。爆撃機をやる！」

カーターはデニスンに命じ、上昇を続けた。

僚機が敵機を引きつけている間に、爆撃機を叩くのだ。

敵戦闘機との戦いに忙殺され、しばし爆撃機を見失っていたが、高度が上がるにつれ、敵編隊が視界に入り始める。

野球のバットのような形状を持つ双発機だ。おそらくネル――五年前に制式化された、日本海軍の中型爆撃機であろう。

高度計の針は、じりじりと回転する。

敵戦闘機との空中戦で、一旦は下がった高度が回復し、一万九〇〇〇、二万と上がってゆく。

敵機との高度差は、思うように縮まらない。

Ｐ40の実用上昇限度は三万二八〇〇フィートとされているが、あくまでカタログデータであり、その高度で自由に機動できることを意味しない。

高度が上がるにつれて大気が薄くなるため、エンジンが息をつき、速力、運動性能共に鈍る。

それでも、カーター機、デニスン機は、敵爆撃機を追った。

「隊長、敵二機後ろ下方！」

デニスンが注意を喚起した。

カーターはバックミラーを見た。

デニスン機の後方から、二機が追尾している。高度差は、一〇〇〇フィート以上あるようだ。

Ｐ40に追いすがろうとしているが、カーター機、デニスン機同様、上昇速度は鈍い。

「前方、クラークです！」

高度計の針が二万二〇〇〇フィートを指したとき、デニスンが叫んだ。

極東航空軍に配属されて以来、すっかり見慣れた広大な飛行場が前下方に見える。

「間に合わん……！」

カーターは呻いた。

爆撃機との高度差は、まだ二〇〇〇フィートほどある。敵の投弾前に、この高度差を詰めるのは、まず不可能だ。

自分たちは、爆撃の阻止に失敗したのだ。

手遅れと知りつつも、カーターはデニスンと共に、なお上昇を続けた。

後ろ下方から突き上げる形で、少しずつ高度を上げ、食い下がった。

ようやく敵一機を照準器に捉え、機銃の発射ボタンを押したとき、敵爆撃機の胴体下から、黒い塊が一斉に投下された。

クラークフィールド飛行場の滑走路やその周辺に、弾着の爆煙が湧き出し始めた。

2

攻撃目標の米軍飛行場は、遠方からでもはっきり分かった。

何条もの黒煙が、空中高く立ち上っている。

台湾から出撃した第一一航空艦隊の陸攻隊が、マニラ近郊にある米軍の飛行場に、多数の爆弾を投下したのだ。

黒煙の量から見て、火災の規模はかなり大きい。燃料庫か弾薬庫を、爆弾が直撃したのかもしれない。

「俺たちが出るまでもなかったんじゃないのか？」

航空母艦「土佐」の艦戦隊で、第二小隊長を務める末永太一中尉は、そんな呟きを漏らした。

ルソン島の米軍飛行場に対する攻撃には、第一一航空艦隊隷下の二個航空戦隊と第三艦隊が参加している。

機上から見た限りでは、陸攻隊の攻撃だけでも相当な被害を与えたように見えた。

攻撃隊総指揮官を務める「加賀」飛行隊長橋口喬少佐の九七艦攻は、火災煙よりもやや南寄りの方角に、攻撃隊を誘導してゆく。

橋口機から、「突撃隊形作レ」の命令が届いた。

海軍では、英国から導入した無線電話機の装備を進めているが、全機にはなかなか行き渡らない。

昭和一六年一〇月現在、母艦航空隊では、各隊の飛行隊長と中隊長機に装備されているだけであり、小隊長以下の機体は、従来のトンツー式の無線機でやり取りをするだけだ。

艦爆、艦攻では、偵察員、電信員が無線機を操作するため、操縦員は操縦だけに集中できるが、艦戦の搭乗員は一人で全てをこなさなければならない。

艦戦に、優先して無線電話機を装備して欲しいものだと思う。

攻撃隊が、進撃しつつ隊形を整える。

第三艦隊から出撃した攻撃隊は、第一航空戦隊から艦戦、艦攻が各三六機、第二航空戦隊からは艦戦一八機、艦爆が三六機、第三航空戦隊は二航戦と同じだ。

一航戦の艦戦隊が多いのは、「加賀」「土佐」共に艦上機の半数を艦戦で固めているためだ。

各機種合計で、艦戦七二機、艦爆七二機、艦攻三六機となる。

末永が所属する「土佐」の艦攻隊は、艦攻隊隊長村田重治少佐の機体を先頭に、三角形の隊形を組む。

艦戦隊は、艦爆、艦攻よりもやや上の空域に展開し、敵機の出現に備えていた。

目標への接近につれ、立ち上る火災煙が太くなり、色も濃くなる。

末永は、第二小隊の零式艦上戦闘機二機を誘導しつつ、周囲に目を配る。

右前方に位置する「加賀」の艦戦隊が動いた。
九機が右旋回をかけ、編隊から離れた。

その前方に、複数の黒い点が見える。距離を詰めるにつれ、飛行機の形を整える。

機名までは分からないが、単発の戦闘機であることは間違いない。

その敵機に九機の零戦が、斬込むような形で突っ込んで行く。

早くも閃光が走り、地上に向かって黒煙が伸びる。二機、三機と被弾機が黒煙を噴き出しながらよろめき、あるいは真っ逆さまに墜落する。

「加賀」隊が右方の敵機を相手取っている間に、二航戦の艦戦隊も、空中戦を開始している。

　複数の敵戦闘機が仕掛けて来たのだ。

「加賀」隊も、二航戦の艦戦隊も、敵戦闘機を艦爆、艦攻に近寄らせない。自ら身体を張って、敵機の接近を阻（はば）んでいる。

「土佐」隊には、まだ出番はない。

　艦戦隊隊長板谷茂（いたやしげる）少佐以下、一八機全機が定位置を保っていた。

　ほどなく、広大な飛行場が視界に入り始めた。

　滑走路は三本。うち一本は、短めに見積もっても、四〇〇〇メートルはありそうだ。

　他の二本も、一五〇〇メートルから二〇〇〇メートルはあると思われる。

　日本本土の飛行場でも、これほど長大な滑走路を持つものは少ない。

　台湾を二度に亘って空襲したB17——四発の重爆撃機を何十機も一度に出撃させるためには、これほど大規模な飛行場が必要なのかもしれない。

　無線機が、新たな命令を受信した。

　ト連送——「全軍突撃セヨ」の命令だ。

　板谷少佐の零戦が、付いて来い、と言いたげにバンクした。

　左に旋回しつつ、降下を開始した。

　出撃前、「土佐」飛行長の増田正吾（ますだしょうご）中佐は、

「飛行場を使用不能にすることも重要だが、敵機を一機でも多く撃破することを優先して貰いたい。フィリピンは米本土から遠く、失った機体の補充は容易ではない。そこが、こちらの付け目だ」

と、搭乗員に命じている。

　板谷はその命令に従い、地上に駐機する敵機に、機銃掃射をかけるつもりなのだ。

　板谷機に続いて、第一小隊の二、三番機が機体を翻して降下する。

　末永も、宮代六郎（みやしろろくろう）一等飛行兵曹の二番機、新井慎二（あらいしんじ）二等飛行兵曹の三番機を従え、第一小隊に続く。

指宿正信大尉が率いる第二中隊の九機は、敵機の出現に備え、艦攻隊の近くに展開していた。

九機の零戦は、湧き起こる黒煙を衝いて、地上すれすれの低空へと舞い降りてゆく。

火の粉を含んだ火災煙が、零戦隊の行く手を塞ぐように、前方に流れる。

末永は正面を見据えたまま、煙の中に突っ込む。黒煙と火の粉をプロペラに巻き込んで吹き飛ばし、銀翼で切り裂きながら、敵飛行場へと突き進む。

煙を突っ切ったときには、高度計の針は五〇〇メートルを指している。滑走路や駐機場は目の前だ。

「あれか！」

末永は叫び声を上げた。

滑走路脇の無蓋掩体壕に収容されている四発機が見える。どの機体も、濃緑色に塗装されている。

B17――米国が誇る空の要塞だ。

板谷の零戦がバンクし、合図を送った。第一小隊の三機が降下を開始した。

「こっちも行くぞ！」

末永は自らに気合いを入れ、第一小隊に続いて緩降下に入った。ちらと後方を振り返ると、宮代機、新井機が付き従っているのが分かる。

敵戦闘機が末永の頭上から仕掛けて来るようなことがあれば、二人が援護してくれるはずだ。

第一小隊は、早くも目標に取り付いている。

無蓋掩体壕の中で翼を休めているB17に、二〇ミリ弾の一連射を浴びせていく。

B17の主翼や胴体からジュラルミンの破片が飛び散り、陽光に反射してきらめく。エンジン・カウリングにも命中弾の火花が散るが、火を噴くことはない。ガソリンが抜かれているのかもしれない。

末永も、B17に接近する。

板谷が撃ち漏らした機体に狙いを定め、発射把柄を握る。

赤い曳痕の連なりが、B17の一番エンジンから二番エンジンにかけて、切りつけるように一薙ぎする。

一連射を放った直後、末永の零戦はB17の真上を通過し、新たな目標が近づいている。

二機目、三機目と、末永は続けざまに射弾を浴びせる。火を噴くB17は一機もない。

（機銃掃射では、B17の完全破壊は無理か）

そう考えながらも、末永は射撃を繰り返した。

五機を銃撃したところで、二〇ミリ機銃が沈黙した。

末永は、一丁当たり六〇発の二〇ミリ弾を撃ち尽くしたのだ。

B17の完全破壊はできなかったが、五機ともエンジンやコクピット、旋回機銃座にかなりの損害を与えたのは確かだ。飛行不能に追い込むことはできたであろう。

末永は、機銃の切り替えレバーを七・七ミリに入れた。操縦桿を手前に引いて、上昇に転じようとしたとき、右前方から突っ込んで来る影が見えた。

咄嗟に左の水平旋回をかけた直後、直前まで末永機が占めていた空間を火箭が貫いた。

末永機は、猛速で突っ込んで来た敵機とすれ違う。カーチスP40〝ウォーホーク〟。米陸軍航空隊の主力戦闘機だ。

左旋回をかけた末永機に、今度は真正面から敵機が突っ込んで来る。

末永は機首をぐいと押し下げ、敵弾の真下をかいくぐる。

二機目のP40が風を捲いて、末永機の頭上を後方に抜ける。

三機目が、右前方から向かって来る。末永機を上昇させまいとしているかのようだ。

「生かして帰さぬ。フィリピンの土になれ」

そんな殺意を感じさせた。

末永は機首を僅かに上向け、発射把柄を握った。目の前に閃光が走り、二条の細い火箭が噴き延びた。

機首に装備した二丁の七・七ミリ固定機銃を放ったのだ。両翼の二〇ミリ機銃よりも威力は劣るが、当たり所によっては敵機を墜とせる。

七・七ミリ弾の火箭は、狙い過たず敵機に突き刺さった。

敵機は火を噴くことはなかったが、機銃発射の時機を狂わせることはできたようだ。Ｐ40は射弾を放つことなく、後方へと抜ける。

末永機への攻撃は、それで最後だった。

後方に抜けたＰ40が反転し、襲って来ることもない。宮代一飛曹の二番機、新井二飛曹の三番機が墜としたのかもしれない。

末永は二〇ミリ弾を撃ち尽くした状態で、Ｐ40三機の攻撃を凌いだのだ。

上昇に転じたとき、滑走路上で次々と爆発が起こり始めた。

「土佐」と「加賀」から発進した三六機の九七艦攻が、投弾を始めたのだ。


アメリカ極東航空軍の飛行場に対する三度目の攻撃は、現地時間の八時五五分より始まった。

夜明け直後に行われた中型爆撃機による攻撃と、七時二五分から始まった艦上機による攻撃は、もっぱらマニラの北方に位置する飛行場が目標とされている。

極東航空軍最大の飛行場であるクラークフィールドは、第一次と第二次の二度に亘って空襲を受けたが、他にクラークフィールドの南方に位置するデル・カルメン飛行場と、西方に位置するイバ飛行場が攻撃されたのだ。

これらの飛行場から、南に大きく隔たっているニコルス、ニールソンの両飛行場——マニラの市街地近くに位置する二つの航空基地では、真偽を問わず、情報が錯綜している。

「クラークフィールドも、デル・カルメンも、イバも、滑走路を徹底破壊された」

「どの飛行場にも、飛べる機体は一機も残っていない」

「クラークフィールドでは、燃料タンクが集中的に狙われ、大火災が起きている」

　そのような、噂とも情報ともつかぬ話が、将兵たちの間で飛び交っていた。

　その彼らの耳に、不吉な響きを持つ音が伝わり始めた。

　クラークフィールドでは、二度に亘って鳴り渡ったサイレン——空襲警報の不吉な響きだ。

「J（日本機）群多数。位置、『マニラ』よりの方位三三〇度、八〇浬。敵の目標は、ニコルス、ニールソン両飛行場の可能性大」

　基地司令部より、その放送が流されるや、両飛行場は騒然となった。

　邀撃戦闘を終えた後、ニコルスやニールソンに着陸した戦闘機に燃料が補給され、出撃準備を整える。

　対空砲陣地では、砲員が取り付き、北北東から接近する敵機を迎え撃つべく、砲身に大仰角をかける。

　避退が間に合わない爆撃機には、敵の目から逃れるべく、偽装網がかけられる。

　暖機運転を終えたP40やP36は、「行け！」の命令を受け、次々と飛び立ってゆく。

「ジャップが、これほど大規模な航空攻撃をかけて来るとは……」

　ニコルス飛行場の格納庫では、第三一爆撃機中隊の隊長ロバート・ケンドール少佐が頭を抱えている。

　ケンドールは第一次空襲の際、クラークフィールドにあったB17二八機のうち、一二機を辛うじて離陸させ、ニコルスに避退させたのだ。

　一二機のうち、四機は格納庫や整備場に収容され、八機には偽装網が被せられている。

　B17の地上における破壊を防ぐため、可能な限りのことをしたとは思うが、気休めに過ぎないのではという気もする。

　クラークフィールドからの報告によれば、日本軍は同地に残したＢ17を意図的に狙い撃ち、全機を破壊したという。

ニコルスに避退させた一二機が破壊されれば、フィリピンのＢ17は全て失われ、タイワンの日本軍飛行場に対する攻撃は不可能となる。

（極東航空軍も、本国(ステーツ)の参謀本部も、ジャップの力を見誤(みあやま)っていた）

ケンドールは、そのように考えている。

アジア艦隊の戦力は日本海軍の連合艦隊(コンバインド・フリート)を圧倒しており、日本軍の航空部隊はＢ17を防ぐことはできない。

戦闘機は、五年も前に制式化された固定脚の軽戦闘機が主力であり、タイワンからフィリピンまで飛べるほどの航続距離は持たない。仮にフィリピンに来襲しても、Ｐ40やＰ36が圧倒できる。

参謀本部はそのように楽観しており、極東航空軍司令部も日本軍を軽視していた。

ケンドール自身、ボーイング社が自信を持って完成させた「空の要塞」が、日本軍に墜とされることはないと信じていた。

ところが、その楽観はあっさり覆(くつがえ)った。

ルソン島に配備されたＢ17は、二度の出撃で全機数の一六パーセントを失い、マニラ周辺の飛行場は、日本機に蹂躙(じゅうりん)された。

戦闘機は引込脚を持った機体であり、Ｐ40もＰ36も、空中戦で圧倒された。

日本軍は、参謀本部や極東航空軍の想定よりも、遥かに強力な航空兵力を擁していたのだ。

Ｂ17がいかに強力な機体とはいえ、五〇機にも満たぬ数では、タイワンの敵飛行場を使用不能に追い込むことすらできなかった。

自分たちは、実に厄介(やっかい)な相手を敵に回してしまったのだ。

「隊長、すぐに避難を！　敵機は二〇浬まで迫っています！」

部下の一人――二番機の機長を務めるパトリッ

ク・アンダーソン大尉が、駆け込んで来て叫んだ。

「分かった。すぐに行く！」

ケンドールは頷き、格納庫の出口に足を向けた。

飛行場の周囲にある林の中に逃げ込むのだ。ルソン島にあるB17が全て失われても、自分たちの戦いが終わるわけではない。

本国に戦訓を伝えなければならないし、その後は復讐戦を挑む機会も巡って来るはずだ。まずは、この場を生き延びねばならない。

走り出したケンドールの耳に、轟々たる爆音が聞こえ始めた。

鈍い爆発音も、頭上から届く。空中戦で被弾した機体が爆発しているのだ。

どちらの機体が墜ちたのか、確認している余裕はない。安全な場所への退避が優先だ。

爆音に混じって、ダイブ・ブレーキのものとおぼしき甲高い音が聞こえて来た。

振り返ったケンドールの目に、格納庫の屋根を突き破ってそそり立つ火柱が見えた。

おどろおどろしい炸裂音が、僅かに遅れて伝わった。


「風に立て！」

の号令が、六隻の航空母艦の艦橋に響いた。

第三艦隊の正規空母六隻が、順次風上に向かって転舵した。

「両舷前進全速！」

の号令と共に、機関出力が目一杯上げられ、着艦に必要な向かい風を作り出すべく、増速する。

第三艦隊の空母六隻のうち、二隻は戦艦に匹敵する巨軀を持っている。飛行甲板は横幅が広く、洋上の航空基地に相応しい威容を持っている。

第三艦隊旗艦「土佐」と、同艦と共に第一航空戦隊を編成する姉妹艦「加賀」だ。

元々は、長門型戦艦の拡大改良型として計画された艦だが、ニューヨーク軍縮条約の締結と帝国海軍の戦術思想の転換に伴い、建造途中から空母に転用された。

　当初は三段式の飛行甲板を持つ空母として竣工したが、昭和九年より大規模な改装工事を受け、全通甲板を持つ近代的な空母に生まれ変わった。

　他の四隻の空母は、全長では加賀型空母に遜色ないが、横幅は狭い。その分、艦影が鋭く、抜き身の刀のような印象を醸し出している。

　第二航空戦隊の「蒼龍」「飛龍」と第三航空戦隊の「雲龍」「海龍」だ。

「蒼龍」「飛龍」は、ニューヨーク軍縮条約の枠内で建造された中型空母で、最初から空母として設計・建造されている。

　搭載機数は両艦共に常用五七機、補用一六機であり、基本性能はほぼ同一だが、「飛龍」の方が「蒼龍」よりもやや横幅が広く、基準排水量も大きい。艦橋が左舷側に設けられていることも、「蒼龍」との相違点だ。

　両艦は、準同型艦とも呼ぶべき関係にあり、竣工後は第二航空戦隊の僚艦として、常に行動を共にしていた。

「雲龍」は「飛龍」の設計を元にして設計・建造された艦、「海龍」は雲龍型の二番艦だ。

　この型は、戦時の急速建造を可能とするため、直線の多用、部品点数の削減等、建造工数の徹底的な見直しが図られ、二年程度での建造が可能となった。

　昭和一二年八月に一番艦の「雲龍」が竣工したとき、当時海軍次官の職にあった山本五十六は、

「この艦は今後、帝国海軍の空母の標準型となる」と評価している。

　これら六隻が、第三艦隊の中核兵力であり、護衛として第三戦隊の戦艦「比叡」「霧島」、第八戦隊の軽巡洋艦「利根」「筑摩」、第一水雷戦隊の軽巡「阿武隈」と駆逐艦一四隻が付いていた。

　風上に向かう空母六隻の飛行甲板に、第二次攻撃

隊の参加機が、エンジン・スロットルを絞りながら降りて来る。

被弾の跡が目立つ機体や、「負傷者有り」と信号を送りながら着艦する機体もある。

負傷者は、甲板員や衛生兵が手を貸して機体から降ろし、担架（たんか）に乗せられて、医務室へと運ばれる。

その間にも、帰還機は次々と上空に姿を現し、各機が所属する母艦に足を降ろして行く。

旗艦「土佐」の艦橋では、戦果と被害状況の集計が報告されている。

「第一次、第二次攻撃の結果、クラークフィールド、イバ、ニコルス、ニールソン、ザブランの五飛行場を使用不能に追い込んだと判断されます。第一次攻撃で撃墜した敵機は二八機、地上撃破した敵機は六五機との集計結果が出ております。第二次攻撃の戦果は、まだ集計が終わっておりません」

航空甲参謀の源田実（げんだみのる）中佐が、南雲忠一司令長官、酒巻宗孝参謀長らに戦果を伝えた。

「一一航艦との連携がうまく行きましたな」

酒巻が微笑した。

一一航艦が第一次攻撃をかけた後、迎撃に上がった敵戦闘機は地上に降り、燃料、弾薬を補給しなければならない。

第三艦隊は、その時機を狙って攻撃をかけたのだ。

この目論見は成功し、三艦隊の攻撃隊は、大規模な敵戦闘機の迎撃を受けることなく、ルソン島の敵飛行場を叩くことができた。

一一航艦との協同攻撃は成功を収めたと言える。

「ルソン島の敵飛行場は、全て破壊したと考えてよいのか？」

南雲の問いに、酒巻が答えた。

「クラークフィールドの西南西に位置するサン・マルセリーノ飛行場が残っております」

「第三次攻撃は必要か？」

「サン・マルセリーノ飛行場は規模が小さく、運用できる機数も限られています。ルソン島の制空権は、我が方が握ったと見てよいでしょう。残った飛行場は、一一航艦の陸攻隊に任せるべきかと考えます」

源田が、脇から意見を述べた。

「参謀長のお考えに賛成です。機動部隊にとり、ルソンの敵飛行場は優先目標ではありません。最優先すべきは、米アジア艦隊の撃滅です。そのアジア艦隊と戦う前に、航空兵力を消耗すべきではないと考えます」

「未帰還機は多いのかね？」

「第一次攻撃隊一八〇機中、未帰還一三機です。第二次攻撃隊は、まだ未帰還機の集計が出ておりません」

航空乙参謀の吉岡忠一（よしおかただかず）少佐が答えた。

「現海面にあまり長く留まりますと、敵の空襲を受ける危険があります。米軍もそろそろ、三艦隊の所在について、当たりを付けている頃です。長居（ながい）は無用と考えますが」

酒巻が、注意を喚起した。

第三艦隊の現在位置は、マニラよりの方位三三〇度、一八〇浬。

現在のところ、第三艦隊の上空に敵の索敵機は姿を見せていないが、攻撃隊が飛来した方向を見れば、第三艦隊がルソン島の北北西海上に展開していることは想像がつくはずだ。

索敵機が、帰還する攻撃隊を尾行する可能性も考えられる。

いつ、敵機が三艦隊上空に出現しても不思議はありません、と酒巻は主張した。

「ルソン島の敵飛行場は、壊滅状態に近いと考えますが」

「敵の残存機の数は不明だ。残存機を集結させ、決死の反撃に出て来ないとも限らぬ。空母の艦上機による反撃も考えられる」

首席参謀大石保（おおいしたもつ）大佐の反論に、酒巻は応えた。

米アジア艦隊は、空母二隻を擁している。

米軍が第三艦隊の位置を突き止めれば、航空攻撃をかけて来る可能性が考えられる。

緒戦で、虎の子の空母を沈められないまでも傷つけられるようなことがあれば、今後の作戦に支障を来す。

危険を冒すべきではない、と酒巻は強調した。

「空母がいるなら、今のうちに叩いてはいかがでしょうか？」

積極策を主張した吉岡に、酒巻はかぶりを振った。

「空母の所在地は判明していない。今から索敵機を出して、空母の位置を探る余裕はない。攻撃隊の再出撃準備にも時間がかかる。今日のところは引き上げた方がよい」

第二次攻撃の際、投弾を終えた艦上機の一部がキャビテ軍港の上空まで進出し、在泊艦船の状況を確認した。

「『キャビテ』ニ敵影ナシ。在泊艦船ハ中小型艦ノミト認ム。一〇四二（現地時間九時四二分）」

というのが、報告電の内訳だ。

米アジア艦隊の主力艦群は、クラークフィールドが陸攻隊の攻撃を受けた時点で、危険を避けるために出港した可能性が高い。

ルソン島の敵航空兵力に大打撃を与えたとはいえ、フィリピンは敵地なのだ。

敵地に長時間留まる危険は避けた方がよい、というのが酒巻の考えだった。

南雲も、酒巻の考えを容れた。

「ルソン攻撃の目的は、敵飛行場の破壊による制空権の確保だ。その目的を達成した以上、長居は無用だ。帰還機を収容したら、引き上げるとしよう」

「敵空母撃滅の好機を逃すのですか？」

抗議するような口調の大石に、酒巻が言った。

「空母の所在が不明である以上、好機が到来したとは言えない。ここは、慎重に行動すべきだ」

南雲は、重々しい声で下令した。

「全艦に命令。攻撃隊帰還機の収容後、艦隊針路〇度。現海面から、可及的速やかに離れる。なお、帰還機は一機も残すな。くれぐれも、漏れのなきよう留意せよ」

3

翌一〇月二五日早朝、アメリカ合衆国海軍アジア艦隊は、ルソン島北西部にあるリンガエン湾の沖にいた。

主力となる九隻の戦艦――サウス・ダコタ級戦艦六隻、ニューメキシコ級戦艦三隻は、アジア艦隊旗艦「サウス・ダコタ」を先頭に単縦陣(たんじゅうじん)を形成し、その前方に重巡五隻、左右に駆逐艦一二隻ずつを配置している。

部隊名は第九任務部隊(TF9)。アジア艦隊司令長官ウィルソン・ブラウン大将が陣頭指揮を執る。

アジア艦隊隷下の二隻の空母「ヨークタウン」「ホーネット」は、護衛の軽巡二隻、駆逐艦八隻と共に第一四任務部隊(TF14)を編成し、主力の四〇浬後方に布陣している。

TF9の上空では、TF14の空母から発進した直衛(ちょくえい)機が旋回待機し、周囲の空に目を光らせていた。

「日本艦隊は、まだ発見できぬか?」

旗艦「サウス・ダコタ」の艦橋に、ブラウン司令長官の苛立ちを抑(おさ)え切れぬ声が響いた。

昨日、一〇月二四日のルソン島に対する大規模空襲を、アジア艦隊は洋上への避退によってかわした。

日本軍の攻撃は、クラークフィールドを始めとする陸軍航空隊の飛行場に集中し、七箇所の飛行場のうち六箇所が大損害を受けたが、アジア艦隊は難を逃れたのだ。

このとき、アジア艦隊の航空参謀トーマス・L・ヘインズ中佐は、第二次、第三次空襲が空母の艦上機によってかけられたことに注目した。

「九七艦攻(ケイト)、九九艦爆(ヴァル)には、タイワンからルソンを攻撃するだけの航続性能がありません。ルソン島近海に、必ず空母がいるはずです」

　続けて、情報参謀ジョナサン・フィールディング中佐が具申した。

「極東航空軍司令部からの報告によれば、第二次、第三次空襲では、敵機はマニラよりの方位三三〇度から来襲したとのことです。この事実から、日本軍の空母はルソン島の西側海面から艦上機を発進させたと推察されます」

　そこでブラウンは、空襲被害を免れたマニラの水上機基地に命じ、日本艦隊の所在を探らせた。

　同基地に所属するカタリナの一機が、ルソン島の西方海上で、空母六隻を擁する日本艦隊を発見したのだ。

「日本艦隊は攻撃終了後、タイワン方面に向かう公算大と判断します」

　参謀長ハーラン・F・エリクソン少将の具申を受けたブラウンは、アジア艦隊全艦に北上を命じた。

「ジャップの艦隊を、戦艦九隻の巨砲で打ち据えてくれる」

　闘志を露わにして、幕僚たちに宣言した。

　日本艦隊を発見したカタリナは、

「敵は戦艦、巡洋艦各二隻、空母六隻、駆逐艦一〇隻以上」

　と報告している。

　戦艦の型については報告はなかったが、たかだか二隻の戦艦など、アジア艦隊が擁する戦艦九隻の敵ではない。

　また、空母は水上砲戦には不向きの艦種だ。サウス・ダコタ級の長砲身四〇センチ主砲、ニューメキシコ級の長砲身三五・六センチ主砲を用いるまでもなく、巡洋艦の主砲で撃沈できる。

　アジア艦隊は、ルソン島の西岸に沿って北上したが、日本艦隊は捕捉できなかった。

　マニラ基地のカタリナは、交替で日本艦隊との触接を保ったが、昨日の日没間際、触接中の機体が、

「我、敵戦闘機の攻撃を受く」

との報告電を最後に消息を絶った。

以後、日本艦隊との触接は切れている。

このため、ブラウンは一旦北上を中止し、ＴＦ９をリンガエン湾の沖で待機させた。

リンガエン湾は上陸の適地であり、極東陸軍も、

「日本軍が上陸地点に選ぶ可能性が、最も高い」と見ている。

アジア艦隊がルソンから離れている間に、日本軍が奇襲上陸をかけて来る可能性を考えたのだ。

「ジャップの上陸部隊を洋上で殲滅すれば、ルソン占領の目論見は潰える。一兵残らず南シナ海に沈めてやる」

ブラウンは幕僚たちに豪語（ごうご）したが、日本軍の輸送船団が姿を見せることはなく、アジア艦隊はリンガエン湾の沖で一〇月二五日の夜明けを迎えた。

現在、時刻は七時一〇分。

マニラの水上機基地は、この日の未明より偵察を再開し、ＴＦ14の空母二隻も偵察機を放ったが、今のところ、「敵艦隊発見」の報告はなかった。

「日本艦隊は、タイワンの港に入港したのではないでしょうか？」

「何故、そのように考える？」

作戦参謀ハーバート・Ｍ・スタントン中佐の発言に、エリクソン参謀長が質問を返した。

「空母は、非常に足の速い艦です。昨日の第三次攻撃終了後、すぐに撤収を開始すれば、二四日中にタイワンに到達できます」

「空母はともかく、彼らは戦艦を伴っている。戦艦がそれほど速く移動できるか？」

「金剛型（コンゴウ・タイプ）であれば可能です。あのクラスは、元々巡洋戦艦として建造されたこともあって足が速く、最大で三〇ノットを発揮できますから」

「現海面にあまり長く留まりますと、空襲の危険があります」

ヘインズ航空参謀の具申を受け、ブラウンは馬鹿（ばか）にしたように鼻を鳴らした。

「ジャップの空襲ごとき、恐れるに足りぬさ。静止目標の飛行場を叩くのと、洋上の軍艦を叩くのはわけが違う」

「ベティ、ネル、ケイトは航空雷撃が可能ですし、ヴァルの急降下爆撃は非常に精度が高いとの情報もあります。彼らの実力は軽視できません」

「ヴァルの搭載爆弾は五〇〇ポンド（二二五キロ）程度と聞いている。五〇〇ポンド爆弾では、戦艦の上部装甲は貫通できまい。航空雷撃に対しては、『ヨークタウン』と『ホーネット』の艦戦隊に対処させればよい」

アジア艦隊への兵力増強に当たり、ブラウンは空母二隻の搭載機について、本国に要請を出している。

搭載機のうち、七〇パーセントから八〇パーセントを戦闘機で固めて欲しいというものだ。

ブラウンは二隻の空母を、敵艦隊への攻撃よりも、戦艦の上空直衛に使おうと考えていたのだ。

この要請は容れられ、「ヨークタウン」「ホーネット」は、艦上戦闘機のグラマンF4F〝ワイルドキャット〟六〇機ずつを搭載している。

二艦合計一二〇機のF4Fがあれば、頭上の守りは完璧だ、とブラウンは考えていた。

「ジャップの艦隊を発見できなければ、タイワンに接近し、高雄、台南の飛行場を艦砲で叩けばよい。そうすれば、嫌でも出撃して来る」

ブラウンは、唇の両端を吊り上げた。

タカオ、タイナンの両飛行場は、タイワンの南西岸にあり、海に近い。

九隻の戦艦全てを投入しなくとも、ニューメキシコ級戦艦三隻の三五・六センチ砲で壊滅に追い込むことは可能だ。

日本艦隊が出撃して来れば、サウス・ダコタ級六隻の出番になる。

ブラウンの言葉に対して、ヘインズが何かを言いかけたとき、

「対空レーダーに反応。方位一〇度、三〇浬！」

「サウス・ダコタ」のレーダーマンが報告を上げた。

アジア艦隊の戦艦、重巡、空母が装備するCXAM対空レーダーが、敵の機影を捉えたのだ。

「敵の偵察機です。タカオかタイナンから発進したものでしょう」

ヘインズが、敵機の正体を推測した。

CXAM対空レーダーは最大で七〇浬の探知距離を持つが、機数が少ない場合は反射波が小さくなるため、探知距離が短くなる。

ヘインズは、距離三〇浬と報告されたところから、発見された目標が少数機、すなわち偵察目的の機体であると判断したのだ。

「墜とせ！」

「上空の直衛機に命令。『敵の偵察機接近中。方位一〇度、三〇浬。発見次第、撃墜せよ』」

ブラウンの命令を受け、ヘインズが通信室に伝えた。

艦隊の上空で、旋回待機していたグラマンF4F〝ワイルドキャット〟四機が機体を翻した。

「サウス・ダコタ」の通信室から指示を受け、北北東に向かうのだ。

爆音が遠くなり、機影が空に溶け込むように見えなくなる。

偵察機は一機か、多い場合でも二機だ。すぐに撃墜の報告が届くだろうと思っていたが――。

「敵味方不明機、左六〇度！」

今度は、艦橋見張員の報告が飛び込んだ。

ヘインズが双眼鏡で確認し、ブラウンに伝えた。

「左前方上空に敵機です。先にレーダーが捉えた偵察機と思われます」

「墜とせなかったのか？」

「敵の高度は二万フィート以上と見積もられます。迎撃が間に合わなかったようです」

ヘインズの答を聞き、ブラウンは舌打ちした。

「まずい状況だな」

誰にともなしに呟いた。

アメリカ海軍 BB-49 戦艦「サウス・ダコタ」

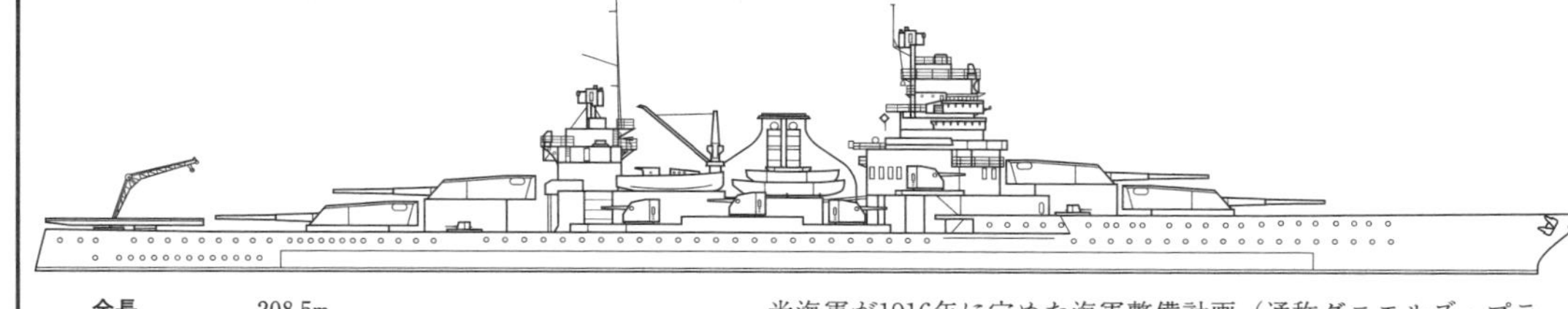

全長	208.5m
最大幅	32.2m
基準排水量	44,500トン
主機	ターボエレクトリック 4基／4軸
出力	60,000馬力
速力	23.0ノット
兵装	40.6cm 50口径 3連装砲 4基 12門 12.7cm 35口径 連装両用砲 4基 8門 28mm 4連装機銃 4基
航空兵装	水上機 3機／射出機 1基
乗員数	1,590名
同型艦	BB-50インディアナ、 BB-51モンタナ、BB-52ノース・カロライナ、 BB-53アイオワ、BB-54マサチューセッツ ※BB-51、BB-52、BB-53、BB-54は近代化改装を施していない。

米海軍が1916年に定めた海軍整備計画（通称ダニエルズ・プラン）に基づいて建造した、サウス・ダコタ級戦艦の１番艦。

前級のコロラド級戦艦は米海軍初の16インチ砲搭載艦だったが、防御は14インチ砲に対応するレベルに留まっていた。これに対し、サウス・ダコタ級戦艦は船体を拡大。新設計の50口径16インチ砲を３連装砲塔に収め、４基12門を搭載した。防御においても水平防御、垂直防御ともに16インチ砲に対応し、水中防御についても新たに開発された重層装甲を採用している。機関はコロラド級と同様のターボエレクトリック推進だが、出力はおよそ２倍となっており、最高速力23ノットを実現した。

ニューヨーク海軍軍縮条約の失効後、列強は戦艦の建造を再開しているが、1941年現在、火力で本級を上回る戦艦は存在しない。

なお、同型艦は６隻竣工したが、１番艦サウス・ダコタと２番艦インディアナは、近代化改装工事を経て艦容が一変している。

ＴＦ９は、まだ敵の位置を突き止めていないが、敵はＴＦ９の位置を知ったのだ。

日本軍の航空機に、サウス・ダコタ級やニューメキシコ級が撃沈されるとは思わないが、測距儀や通信用アンテナといった重要部位に直撃弾を受ける危険はある。

「対空戦闘を命じますか？」

「撃っても間に合うまい」

エリクソンの問いに、ブラウンはかぶりを振った。上空から、微かに爆音が聞こえて来る。

敵の偵察機が、ＴＦ９の左方を通過しつつある。後方に空母がいる、と考えたのかもしれない。

「ＴＦ14に知らせろ。『敵偵察機、貴方に向かう。高度約二万フィート』と」

ブラウンは、エリクソンに命じた。

偵察機が飛び去ってから一時間近くが経過したとき、レーダーマンが新たな報告を上げた。

「対空レーダーに反応。方位三三〇度、距離七〇浬。反射波大！」

ブラウンは、即座に二つの命令を発した。

「艦隊針路三三〇度。最大戦速！」

「全艦、対空戦闘準備！」

「ＴＦ14に命令。『Ｊ群接近。方位三三〇度、距離七〇浬。直衛機を発進させよ』」

「サウス・ダコタ」艦長ジェームズ・マッキンレー大佐が、最初に反応した。

「取舵一杯。針路三三〇度！」

「取舵一杯。針路三三〇度！」

航海長マイク・スタッド中佐が操舵室に下令する。

「サウス・ダコタ」の通信室からは、ＴＦ９の全艦と後続するＴＦ14に命令電が飛ぶ。

「艦長より砲術。対空戦闘準備！」

「アイアイサー。対空戦闘準備！」

マッキンレーの第二の命令に、砲術長ヘンリー・コバック中佐が復唱を返す。

「敵艦隊との間には、かなりの距離があります。捕捉は困難と考えますが」

エリクソンがブラウンに具申した。

レーダーに映ったのは、日本艦隊から発進した艦上機に間違いない。

探知距離から考えて、敵との間には最低七〇浬の距離がある。

ＴＦ９の最高速度は二一ノットであるから、七〇浬の距離を詰めるには、約三時間半を要する。

その間に、敵艦隊は逃げ去ってしまう可能性が高い、とエリクソンは考えたのだ。

「ジャップの艦隊は動けぬよ、参謀長」

ブラウンは微笑した。

空母がひとたび攻撃隊を放てば、帰還までその場から移動できない。

空母の位置が変われば、艦上機は母艦を発見できず、海面に不時着水せざるを得ないからだ。

攻撃隊が出撃してから帰還するまでの時間は、目標との距離にも左右されるが、発艦の手間、編隊の集合に要する時間、収容の時間を考えると、三時間程度はかかる。

捕捉は充分可能だ、というのがブラウンの考えだった。

「進撃中に、敵機の空襲を受けるのは必至(ひっし)です。戦艦が沈められることはないとしても、被弾損傷は免れません」

「そのために直衛機がある。各艦も、対空火器を装備している」

エリクソンの懸念に、ブラウンは応えた。

「敵の空母は、たかだか六隻だ。しかも艦上機は、昨日のルソン攻撃で消耗している。ＴＦ９の戦艦が敗れる道理がない。航空主兵主義の選択は誤りだったと、ジャップに思い知らせてくれる」

エリクソンは一礼し、引き下がった。

幕僚たちの中にも、反対意見を主張する者はいない。航空の専門家であるヘインズですら、黙って状況を見守っている。

やり取りをしている間に、TF9は変針を終え、最大戦速の二一ノットで突撃を開始している。

前方には、前衛を務める重巡五隻の航跡が見え、旗艦「サウス・ダコタ」の艦首は、海面を蹴立てて烈しい飛沫を上げる。

「目標との距離六〇浬……五五浬……」

レーダーマンが、目標との距離を報告する。

直衛機は、まだTF9の頭上に姿を見せない。

「ヨークタウン」「ホーネット」は、甲板上にF4Fを待機させているはずだが、発艦に手間取っているのか。

「目標との距離四〇浬」

の報告が入った直後、

「方位二一〇度に反応有り。距離四〇浬！」

レーダーマンが、歓声混じりの報告を上げた。

「よし、間に合った！」

ヘインズが叫び声を上げ、エリクソンも「うむ！」と頷いた。

レーダー波が直衛のF4Fを捉えた。

どうやら、敵機の来襲に間に合いそうだ。

ほどなく後方から爆音が聞こえ始め、「サウス・ダコタ」の艦橋からも、F4Fの姿が見え始める。

編隊飛行ではなく、各機がばらばらだ。編隊を組む余裕はなく、発艦する端からTF9の上空に駆けつけたのだろう。

期せずして、「サウス・ダコタ」の艦上に歓声が上がった。

上空に目を光らせている機銃員が、F4Fに声援を送っているのだ。

「さあ来い、ジャップ」

ブラウンは敵愾心を込め、間もなく姿を現すであろう日本機に呼びかけた。

F4Fと各艦の対空火器が、敵機を片端から叩き墜とす光景を思い浮かべた。

その光景は、現出しなかった。

敵機が距離一五浬まで接近した直後、レーダーマンが驚愕したような叫び声を上げたのだ。

「目標、一八〇度に変針。我が隊を回避する模様！」

4

来襲した日本機の動きは、空母「ヨークタウン」「ホーネット」のＣＸＡＭレーダーでも捉えていた。

「敵全機、ＴＦ９を回避。我が方に向かって来ます！」

「何だと⁉」

レーダーマンの報告を受け、ＴＦ14司令官オーブリー・フィッチ少将は狼狽の声を上げた。

日本軍にとり、最も大きな脅威となっているのは、「サウス・ダコタ」以下の九隻だ。

当然、敵の攻撃隊は、ＴＦ９を攻撃するものと思っていた。

ところが、彼らは戦艦には目もくれず、後方に位置するＴＦ14に襲いかかって来たのだ。

「ヨークタウン」「ホーネット」が飛行甲板上に待機させていたＦ４Ｆは、全てＴＦ９の直衛に出している。

格納甲板には一六機ずつのＦ４Ｆが残っているが、発進させる時間はない。

「全艦、対空戦闘準備。敵機が来る！」

フィッチは、大音声で下令した。

「対空戦闘準備。敵機が来る！」

旗艦「ホーネット」の艦長を務めるマーク・ミッチャー大佐が、全乗員に下令する。

両用砲員、機銃員は既に配置に就いており、艦内に新たな動きは起きない。

「ホーネット」も、僚艦「ヨークタウン」も、護衛の軽巡と駆逐艦も、両用砲、機銃に最大仰角をかけ、敵機を待ち受けている。

「騎兵隊を一掃してから、幌馬車を仕留めるつもりでしょうな」

ＴＦ14の参謀長を務めるケネス・リチャーズ中佐

が言った。

日本軍は、空母二隻を沈めるか発着艦不能に陥れ、直衛機の傘を奪った上で、戦艦への攻撃にとりかかるつもりなのだ。

「そうはさせるか！」

吐き捨てるように、フィッチは言った。

騎兵隊を舐めたら後悔するぞ、ジャップ——と、上空から迫る敵に呼びかけた。

「敵距離二〇浬……一五浬……」

レーダーマンが報告を上げる。

ＴＦ14は、本隊——ＴＦ９に合わせて、二一ノットの速力で航進を続ける。

「右前方、敵機！」

「直衛機、敵機と交戦中！」

見張員が、二つの報告を上げた。

フィッチは、右前方に双眼鏡を向けた。

丸い視界の中に、羽虫の群れのようなものが見える。上下左右に目まぐるしく飛び回りながら、ＴＦ14に接近して来る。

先に出撃した直衛機が、日本軍の攻撃隊と戦っているのだ。

ＴＦ９の上空で直衛任務に就いたが、ＴＦ14に向かう日本機を見て、攻撃を開始したのだろう。

時折、爆炎が閃き、海面に向かって黒煙が伸びる。空中分解を起こしたのか、一際大きな閃光が走ることもある。

Ｆ４Ｆの攻撃を受けながらも、敵機は距離を詰めて来る。

両軍が入り乱れる空中戦の戦場が、そのまま上空に移動して来るようだ。

「分が悪いようですな」

リチャーズ参謀長の舌打ちが、フィッチの耳に届いた。

「Ｆ４Ｆは、出撃時の半分も残っていないようです。被撃墜機も、Ｆ４Ｆの方が多いように見えます」

「Ｆ４Ｆが負けている、だと？」

アメリカ海軍 CV-5 航空母艦「ホーネット」

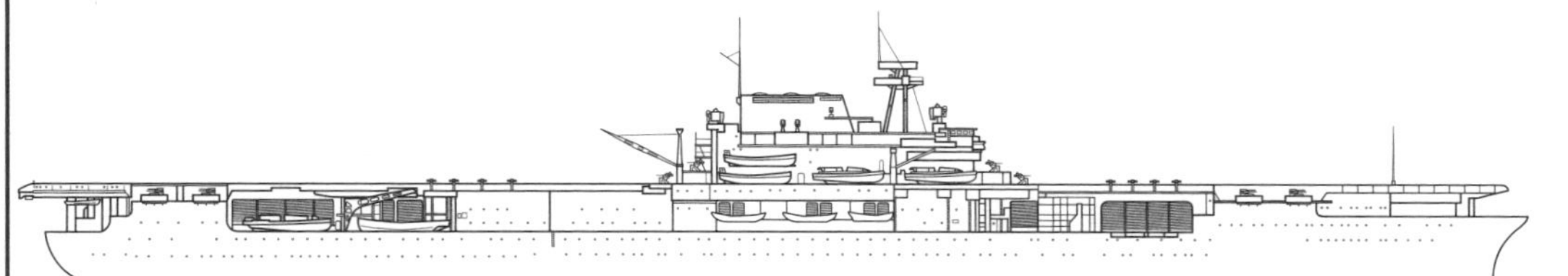

全長	251.4m
最大幅	33.4m
基準排水量	19,900トン
主機	蒸気タービン 4基／4軸
出力	120,000馬力
速力	33.7ノット
兵装	12.7cm 38口径 単装砲 8門 28mm 4連装機銃 4基 12.7mm 単装機銃 24丁
航空兵装	90機
乗員数	2,279名
同型艦	CV-3 ヨークタウン、 CV-4 エンタープライズ、CV-6 ワスプ、 CV-7 プリンストン、CV-8 カウペンス、 CV-9 モントレイ

1927年に締結されたニューヨーク海軍軍縮条約は、主力艦である戦艦の建艦に制限を課したことで知られるが、補助艦艇である空母、巡洋艦等についても各国の国力に応じ新造艦の総トン数が決められた。米海軍は、その範囲内で建造できる空母として、既に竣工していたCV-1「ラングレー」に続きCV-2「キャバリー」を建造。その後、本艦と同型艦７隻を竣工させた。

米海軍初の大型空母として、前級の建造・運用で得られた数々のノウハウを設計に採り入れ、実用空母として充分な性能をもつとされる。また、本級の発注と並行して開発された新型雷撃機TBDデバステーターは世界水準を上回る性能と言われており、「本艦と新型雷撃機を組み合わせれば、作戦行動中の戦艦であろうと撃沈できる」と語る者もいる。今後、米海軍が運用する空母部隊の中核を為すと期待されている。

信じられん――その言葉を、フィッチは途中で呑み込んだ。

Ｆ４Ｆが勝っているなら、敵機をＴＦ14に寄せ付けることなく撃退しているはずだ。

だが現実に、敵はＴＦ14に近づいている。

敵編隊が、大きく崩れた。

いや、崩れたのではない。編隊形を組み替え、突撃に移ったのだ。

雷撃機とおぼしき機体が、低空に舞い降りながらＴＦ14の左右に回り込み、急降下爆撃機と思われる機体は、右前方上空から向かって来る。

「面舵一杯！」

ミッチャー艦長が大きく、張りのある声で命じる。

実年齢よりも老けた容貌の持ち主で、好々爺然として見える人物だが、声は若々しい。

「アイアイサー。面舵一杯！」

航海長ビリー・クレメント中佐が復唱を返し、操舵室に指示を送る。

「ホーネット」は、すぐには回頭を始めない。基準排水量一万九九〇〇トンの艦体は、しばし直進を続ける。

右前方に発射炎が閃き、砲声が「ホーネット」の艦上に伝わった。護衛に当たるオマハ級軽巡の「トレントン」が、対空射撃を開始したのだ。

「目標、射程内に入った！」

「オーケー、撃て！」

射撃指揮所の報告を受け、ミッチャーが下令する。

「ホーネット」の右舷側で、大仰角をかけていた一二・七センチ両用砲が、下腹にこたえるような砲声と共に、砲撃を開始する。

「敵機急降下！　右二〇度、一万フィート！」

砲声に混じって、艦橋見張員の報告が届いた。

数秒後に舵が利き始め、「ホーネット」は右に大きく艦首を振った。

「『ヨークタウン』面舵！」

後部見張員が、僚艦の動きを報告する。

二隻の空母は、時計回りに回頭し、海面に大きな円弧を描いて行く。

「敵一機撃墜！」

見張員が報告するが、艦橋に歓声が上がることはない。

敵機の数は多いのだ。一機や二機を墜とした程度では、被弾は防げない。

砲声と共に、甲高い音が聞こえて来る。急降下に伴うダイブ・ブレーキの音だ。攻撃を受ける側には、死そのものが音の形を取って降って来るような気がする。

両用砲に続いて、機銃の連射音が聞こえ始めた。二八ミリ四連装機銃が、射撃を開始したのだ。

「敵一機、いや二機撃墜！」

見張員が歓声を上げる。

墜とした敵機は合計三機を数えるが、ダイブ・ブレーキ音が止むことはない。轟音が、更に拡大する。

（来る！）

フィッチが直感したとき、ダイブ・ブレーキ音が爆音に変わり、「ホーネット」の頭上を通過した。

一番機に続いて、二番機が通過する。

直後、「ホーネット」の左舷側海面で爆発が起こり、大量の海水が奔騰した。

敵機はなおも「ホーネット」の頭上を通過する。敵弾は二発目、三発目、四発目と、続けざまに炸裂する。

至近弾炸裂の衝撃はあっても、直撃弾はない。「ホーネット」は、敵弾をかわし続けている。

最後の一発が炸裂した直後、

「敵弾、全て回避しました！」

射撃指揮所から、弾んだ声で報告が入った。

期せずして「ホーネット」の艦橋に歓声が上がったが、それは「『ヨークタウン』被弾！」の報告が入ると同時に凍り付いた。

ヨークタウン級空母の一番艦が、飛行甲板上から黒煙を噴き上げている。

被弾は二発。前部と後部だ。

「『ヨークタウン』に命令。『被害状況報せ』」

フィッチが下令したが、「ヨークタウン」からの報告を受ける余裕はなかった。

「敵雷撃機、右前方！」

との報告が届いたのだ。

「ホーネット」の両用砲が、砲身を水平に近い射角に倒す。

日本軍の雷撃機――「ケイト」のコード名で呼ばれる機体が一〇機以上、横一線に展開して突き進んで来る。

護衛の駆逐艦が、対空射撃を開始した。

一二・七センチ単装両用砲を矢継ぎ早に発射し、海面付近の低空に、次々と爆発光を閃かせた。

ケイト一機が弾片を浴びたのか、黒煙を引きずりながら高度を落とす。滑り込むようにして海面に激突し、飛沫を奔騰させる。

駆逐艦が墜としたのは、その一機だけだ。残りは臆することなく、突き進んで来る。

駆逐艦一隻が、ケイトの行く手を塞ぐように、面前へと割り込んだ。

ケイトは駆逐艦の前後を抜け、あるいは頭上を飛び越える。

駆逐艦をからかうような動きだ。

「艦が、飛行機を阻止できると思うな」と、嘲笑っているようだった。

砲術長ジム・バレット中佐が「撃て！」を下令したのだろう、「ホーネット」の両用砲が火を噴いた。

下腹に響くような砲声と共に、ケイトの面前に、あるいは左右に、一二・七センチ砲弾が飛ぶ。

低空で次々と爆発が起こり、黒雲のような爆煙が湧く。

真上から爆風と弾片を浴びたのか、ケイト一機が海面にはたき落とされた。

続いて二機目が、横殴りの爆風を浴びたのか、大きく煽られるように機体を傾け、右の翼端を波頭に接触させた。

　ケイトはもんどり打ったように海面に叩き付けられ、盛大な飛沫を上げる。

　残るケイトが降下する。

　ただでさえ海面すれすれの低空を飛んでいた機体が、更に高度を下げたのだ。胴体や主翼の下面が、波頭に接触しそうに見える。

　二八ミリ機銃から青白い火箭が飛び、連射音が響き始めた。

　二八ミリ弾が、ケイトを次々と搦め捕るか、と思いきや、火を噴く機体はない。火箭の真下をかいくぐり、「ホーネット」との距離を詰めて来る。

「いかん……！」

　フィッチは、顔から血の気が引くのを感じた。

　ケイトのパイロットは、驚くべき手練れだ。二八ミリ弾と海面の間をくぐり、「ホーネット」に肉薄している。

　大艦巨砲主義に見切りを付け、航空主兵に転換した日本海軍は、高度な技量を持つパイロットを育てていたのだ。

　ケイトの真下で、次々と飛沫が上がる。白い航跡が、「ホーネット」目がけて突き進む。

　もう距離はほとんどない。

「総員、衝撃に備えよ！」

　ミッチャーが艦内放送用のマイクを摑み、怒鳴るように命じた。冷静沈着な空母艦長も、落ち着きを失っているように感じられた。

　数秒後、「ホーネット」の右舷水線下から、続けざまに衝撃が突き上がった。

　艦首付近に一本、艦橋の右脇に一本、右舷後部に一本と、硝薬の臭いをたっぷり含んだ海水の柱がそそり立つ。

　魚雷が一本命中する度、「ホーネット」の巨体は激しく打ち震え、金属的な叫喚を発する。

　艦体は、束の間左舷側へと仰け反るが、すぐに右舷側へと揺り戻される。

右舷側の破孔から、海水が奔入を始めているのだろう、艦の傾斜は次第に深まって行く。

最終的に、五本の魚雷が「ホーネット」の右舷側にまんべんなく命中した。

「被雷箇所は全て右舷。艦首、バラストタンク、一番缶室、三番機械室、艦尾です」

ダメージ・コントロール・チームのチーフを務めるダンカン・マクレガー少佐が報告したときには、「ホーネット」は右に大きく傾斜しており、艦橋の床は急坂と化していた。

被雷箇所付近では火災が発生しているらしく、噴出する黒煙が海面を覆っている。

右舷艦底部で、奔入した海水が轟々と渦を巻きながら荒れ狂っている様が想像された。

「司令官、総員退去を命じます」

「分かった。急いでくれ」

ミッチャーの言葉に、フィッチは即答した。

沈没が不可避であることは、艦の状態を見れば分かる。この上は、一人でも多くの乗員を脱出させるべきだ。

「『ヨークタウン』被雷！　四本命中！」

ミッチャーが総員退艦を命じるより早く、新たな悲報がもたらされた。

「『ヨークタウン』もやられたか」

フィッチは、絶望の余り天を仰いだ。

傾斜した「ホーネット」の飛行甲板に妨げられ、「ヨークタウン」の姿を見ることはできない。

だが、爆弾二発の命中に加え、四本もの魚雷が命中したのでは、まず助からない。

ＴＦ14は、空母二隻を失ったのだ。

（なんたる屈辱か）

フィッチは、嘆かずにはいられない。

日本艦隊との戦いは、期せずして世界最初の空母同士の海戦となった。

敵に見えない位置から艦上機を飛ばし、目標を叩くという初めての海戦だ。

その戦いで、合衆国海軍は一方的に敗れた。日本軍の空母には全く手を出せず、為す術もなく二隻の空母を沈められたのだ。

　この汚辱は、いずれどんなことをしても晴らさなければならないが、その前にフィッチ自身も含めて、一人でも多くの兵員を生還させなければならない。

「艦長、通信室はまだ生きているか？　直衛機に、指示を送らねば」

　フィッチの問いに、ミッチャーは答えた。

「F4Fのパイロットには、出撃前に命じてあります。空母が二隻とも被弾し、着艦不能と判断した場合にはルソン島の飛行場に向かえ、と。サン・マルセリーノ飛行場が残っていますから、着陸は可能でしょう」

「いいだろう。我々も、脱出しよう」

　フィッチは、幕僚全員を見渡して命じた。

　大きく右舷側に傾斜した艦橋から飛行甲板上に降りたとき、上空に展開していたF4Fは既にルソン島に向かったのか、姿が見えなくなっていた。

5

「思ったより近いな」

　空母「海龍」の艦爆隊で第二中隊長を務める久瀬純夫中尉は、左舷側の海面を見下ろして声を上げた。

　海面に、三〇条以上の航跡が見える。

　戦艦を中心とした水上砲戦部隊が、北北西――第三艦隊が展開している海面に向かっているのだ。

　重巡と思われる中型艦が前衛を務め、その後方に九隻もの戦艦が単縦陣を作り、隊列の左右を駆逐艦が守っている。

　昨年半ばより、日本にとって大きな脅威となり続けて来た米アジア艦隊の主力部隊だ。

　この日、最初に米艦隊を発見したのは、台湾の台南飛行場から発進した索敵機で、日本時間の八時二四分に「敵艦隊見ユ」の報告電を送って来た。

位置は、ルソン島リンガエン湾口付近だ。

米アジア艦隊は、昨日のうちに出港し、ルソン島の西方海上で警戒に当たっていたのだ。

この時点における第三艦隊の位置は、リンガエン湾口よりの方位三三〇度、一二〇浬。

第三艦隊司令部は、全力で米艦隊を叩くと決め、八時三〇分、第一航空戦隊の艦爆隊と、第二、第三航空戦隊の艦攻隊を中心に編成された第一次攻撃隊が敵艦隊に向かった。

この攻撃隊は、戦艦部隊ではなく、その後方に位置する空母機動部隊に全力で襲いかかり、空母二隻撃沈の戦果を上げた。

「空母を沈めれば、敵の戦艦部隊は戦闘機の直衛を受けられなくなる。空母を一掃してから、ゆっくり戦艦を叩けばよい」

というのが、三艦隊司令部の考えだったのだ。

第二次攻撃隊の発進は九時二〇分。第一次攻撃隊が出撃してから、五〇分後だ。

今度は一航戦の艦攻隊と、二、三航戦の艦爆隊を中心とした編成となる。

各隊は、昨日のルソン島攻撃で未帰還機を出した他、被弾による損傷のために出撃不可と判断された機体もあるが、昨夜のうちに補用機を準備した結果、一航戦より零戦二八機、九七艦攻三四機、二、三航戦より零戦二九機、九九艦爆六五機が出撃した。

攻撃隊は、第三艦隊の上空で編隊形を整えた後、進撃を開始したが、四〇分ほどで敵艦隊を発見したのだ。

攻撃隊の巡航速度や進撃開始後の経過時間を考えると、第三艦隊と敵艦隊の距離は九〇浬前後。

最初に敵を発見してから、三〇浬ほど距離を詰められた計算になる。

敵は、艦砲で第三艦隊を叩くべく、北北西に進撃していたのか。

「敵発見。突撃隊形作れ」

無線電話機に、命令が入った。

第二次攻撃隊の総指揮官を務める「加賀」飛行隊長橋口喬少佐からの通信だ。

「指揮官機より命令。敵発見。突撃隊形作れ」

久瀬は、操縦員の岩井健三一等飛行兵曹に命じた。

久瀬機の後方では、第二中隊の九九艦爆が斜め単横陣を形成する。

艦爆中隊の定数は九機だが、昨日のルソン攻撃で二機が未帰還となったため、現在は久瀬機を含めて七機だ。

「海龍」艦爆隊隊長海野明大尉の第一中隊も一機が欠け、八機編成となっている。

左前方では、二航戦の「蒼龍」「飛龍」、及び三航戦の僚艦「雲龍」の艦爆隊が、斜め単横陣を作っている。

一航戦の艦攻隊は二手に分かれ、敵艦隊の左右に回り込みつつ、高度を下げて行く。

昨日のルソン攻撃では、敵飛行場に水平爆撃を見舞ったが、今日は雷装での出撃だ。九七艦攻にとって、最も本領を発揮できる戦いと言える。

特に「土佐」艦攻隊隊長の村田重治少佐は、帝国海軍きっての航空雷撃の名人として知られ、「雷撃の神様」の異名を持っていた。

「目標はどうする？」

久瀬は呟いた。

特定の二、三隻に攻撃を集中するのか。それとも目標を分散するのか。

前者であれば、撃沈できる可能性が高いが、敵戦艦の三分の二以上は無傷で残る。

後者の場合には、多数の敵艦を損傷させることができるが、撃沈は難しい。

一長一短があるが——。

「一航戦目標、一、二番艦。二航戦目標、三、四番艦。三航戦目標、五、六番艦」

橋口から、新たな命令が届いた。

目標は、敵戦艦九隻のうち六隻。うち二隻は雷撃で、四隻は急降下爆撃で、それぞれ叩くのだ。

艦爆隊が左右に分かれた。

二航戦の艦爆隊が右に、三航戦の艦爆隊は左に、それぞれ旋回し、各々の目標に接近する。

「海龍」隊の目標は、敵六番艦。戦艦群の中央より、やや後ろ寄りに位置する艦だ。

海面に、幾つもの閃光が走った。

若干の間を置いて、艦爆隊の前方と左右に爆発光が閃き、黒い花を思わせる爆煙が湧き出した。

前衛を務める重巡も、隊列の左右を守る駆逐艦も、中央に位置する九隻の戦艦も、艦上に間断なく閃光を明滅させ、一二・七センチ両用砲弾を撃ち上げている。

「岩井、行けるか?」

久瀬は、自機の爆音や敵弾の炸裂音に負けまいと、怒鳴るような大声で聞いた。

「行けます!」

岩井も、久瀬に負けぬ大声で返答した。

「海龍」隊の先頭に立つ海野機は、恐れる様子もなく、敵六番艦との距離を詰めて行く。

対空砲火の直中に、一四機の九九艦爆を誘導しようとしているようにも見える。

ただ、対空砲火の密度は、想像していたほどではないようだ。

(陣形のためか)

久瀬は、対空砲火の密度が粗い理由を悟った。

米艦隊が組んでいるのは単縦陣だ。戦艦の護衛に付いているのは駆逐艦だけであり、対空火器の数も、さほど多くはない。

米艦隊は、艦隊戦を想定して単縦陣を組んだのであろうが、対空戦闘には不向きなのだ。

久瀬は後方を振り返り、中隊の六機が追随していることを確認した。

最後尾に位置する七番機の向こうで、九九艦爆が対空砲火を衝いて、次々と機体を翻している。

「蒼龍」か「飛龍」の艦爆隊のようだ。

三航戦の僚艦「雲龍」の艦爆隊は、まだ急降下に移っていないようだった。

目標に近づくにつれ、対空砲火は激しさを増した。

前方に、左右に、爆発光が走り、黒雲のような爆煙が漂い流れる。

時折、飛び散った弾片が主翼や胴体に命中したらしく、不気味な打撃音が響く。

「岩井、操縦系統に異常はないか？」

「異常なし！」

久瀬の問いに、岩井は即答する。

直後、右正横で敵弾一発が炸裂し、久瀬機が大きく左に煽られた。

岩井は、すぐに機体の姿勢を立て直し、第二中隊の先頭に戻る。

動きを見る限り、機体に異常はないようだ。

久瀬機は、第一中隊に追随しつつ、第二中隊の六機を誘導している。

前方で、火焔が躍った。第一中隊の八番機が機首から火を噴き、急速に高度を落とし始めた。

続いて、編隊中央に被弾の炎が上がる。第二小隊を率いる磯野和明飛行兵曹長の機体だ。

磯野機が左右にふらつきながら、高度を下げる。やがて力尽きたように、姿を消す。

（生死は運だ。ベテランでも、若年搭乗員でも）

腹の底で、久瀬は呟いた。

戦闘機に襲われた場合、ベテランであれば切り抜けられるかもしれない。

だが、対空砲火に捉まるかどうかは、多分に運次第だ。ベテランであれ、初陣の若年搭乗員であれ、死は平等に襲って来る。

自分と岩井も、磯野飛曹長と同じ運命を辿っても不思議はないが、今のところはまだ生きている。

久瀬は、右下方の海面を見た。

三航戦が狙った五、六番艦は発射炎を閃かせながら、回避運動に入っている。艦の動きに合わせて、砲煙が後方に流れている。

巨大な龍がとぐろを巻きながら、火を噴いているようだ。

前方では、海野隊長が直率する第一中隊が降下に入っている。

海野機が機首を押し下げたかと思うと、久瀬の視界から消える。二番機以下が続けて降下に入る。

六機の艦爆が、一体となったような動きだ。巨大な蛇が、樹上から獲物に襲いかかろうとしているように見える。

「早めに降下しろ。敵艦は、こっちの真下に潜り込んで来る」

久瀬は、岩井に注意を与えた。

敵の動きは、降爆回避の常道だ。真下に潜り込まれれば、艦爆は降下角を深めに取らざるを得なくなり、搭乗員は身体が浮いて、照準を付け難くなる。必中を期すには、早めの降下が肝要だ。

「了解！」

岩井が一声叫んだ。

バンクして後続機に合図を送るや、エンジン・スロットルを絞り、機首をぐいと押し下げた。

前方に湧き出していた爆煙が視界の上に吹っ飛び、敵艦や弧状の航跡が視界に入って来る。

「三〇（三〇〇〇メートル）！　二八！」

久瀬は高度計の数字を読み上げ、大声で岩井に伝える。

爆音は最小限になったが、敵弾の炸裂音、風切り音、ダイブ・ブレーキ音がコクピットの中を満たしている。高度を確実に伝えるには、あらん限りの大声を出す必要がある。

前方には、第一中隊の九九艦爆が見える。

どの機体も、降下角を深めに取っているようだ。先頭の指揮官機などは、ほとんど垂直に降下しているように見える。

一中隊の六機を追う形で、久瀬機は目標に向かってゆく。

「二四！　二二！　二〇！」

久瀬は、高度計の数字を大声で読み上げる。

高度が二〇〇〇メートルを切った当たりから、対空砲火が激しさを増す。

両用砲弾に加えて、機銃弾の火箭が突き上がって来る。弾量はさほどでもないが、かなりの大口径弾だ。一発でも当たれば、即座に空中分解を起こしそうに思える。

(当たるな。投弾まで待ってくれ)

腹の底で、久瀬は呟いた。

海軍に奉職し、艦爆乗りの道を歩み始めたときから死は覚悟しているが、本懐(ほんかい)を果たす前に死ぬわけにはいかない。

戦死するとしても、胴体下に抱いて来た二五番を、敵戦艦に叩き付けてからだ。

それまでは当たるな。当たらないでくれ——首から提げている出雲大社(いずもたいしゃ)の御守りを握りしめながら、久瀬は祈った。

「一六(ヒトロク)！　一四(ヒトヨン)！」

高度計と敵艦を交互に見、数値を読み上げる。

数字が小さくなるにつれ、敵艦の姿が拡大する。

主砲は三連装砲塔四基。前部と後部に二基ずつだ。

艦体と主砲塔のバランスが、やや悪いように感じられる。艦体に比して、主砲塔が大きいようだ。

中央には、米戦艦に特有の籠マスト二基がそそり立っている。

降爆をかける側にとっては、天空に向けて突き出された二本の巨大な槍(やり)のようにも感じられる。

(サウス・ダコタ級だな)

久瀬は、敵のクラス名を見抜いた。

五〇口径の長砲身四〇センチ砲一二門を装備した、米海軍最強、いや世界最強の戦艦だ。

自分たちは、その戦艦に二五番を叩き付けようとしている。

第一中隊が投弾を開始した。

先頭の海野機が引き起こしをかけ、米田正勝(よねだまさかつ)一等飛行兵曹を機長とする二番機が続く。

神原猛一等飛行兵曹の三番機が引き起こしをかけたところで、二五番が炸裂し始めた。

海野機の投弾は目標の右舷中央付近の海面で爆発し、米田機の投弾は右舷艦尾付近の海面に着弾する。

神原機の投弾は目標の後方に落下し、飛沫を上げただけだ。

指揮官の直率中隊であるにも関わらず、空振りを繰り返している。

辛くも一発が、敵六番艦の艦首付近に命中した。

閃光が走り、黒い爆煙が湧き出した。

一中隊の命中弾は、その一発だけだ。他は全て海面に落下している。

久瀬機の高度が、一〇〇〇メートルを切った。

回頭する敵艦に合わせるため、降下角は深くなっている。

腰が浮き、高度計を読み難い。ほとんど、垂直に近いのではないかと思わされるほどだ。

それでも、機体に不安定なところはない。岩井は目標目がけ、まっしぐらに降下している。

「〇六（六〇〇メートル）！」

「てっ！」

久瀬の声に、岩井の叫び声が重なった。

足下から動作音が伝わり、重量物を切り離した反動で、機体が僅かに揺れた。

岩井が、二五番を投下したのだ。

引き起こしがかけられる。強烈な遠心力が下向きにかかり、尻が座席にめり込まんばかりになる。

しばし視界が暗くなり、意識が遠くなりかける。

搭乗員にとっては、最も危険な瞬間だ。敵戦闘機に狙われたら、ひとたまりもなく墜とされる。

幸い、上空にF4Fはいない。第一次攻撃で空母二隻を沈めたため、直衛機は姿を消している。

遠心力が弱まり、視界が戻って来た。

久瀬は、後方——敵六番艦を注視した。

艦橋や煙突の右側——対空火器が集中していると思われるあたりに閃光が走り、黒い爆煙が躍った。

「命中！」

久瀬は岩井に伝えた。

先に、岩井が投下した一発に間違いない。第一中隊のほとんどが空振りに終わる中、久瀬機は一発を命中させたのだ。

敵六番艦の周囲に、弾着の飛沫が上がる。二番機以降は第一中隊同様、空振りを繰り返している。

降下角が深めになったため、照準が狂ったのかもしれない。

「二発だけか？」

久瀬が自問したとき、敵六番艦の艦尾に閃光が走った。

三発目の命中弾だ。

「海龍」艦爆隊の残存全機が投弾したのであれば、投弾一三発、命中三発となる。

「撃沈は無理だな」

久瀬は呟いた。

二五番三発の命中程度では、戦艦のような巨艦は沈まない。ある程度の打撃は与えても、致命傷にはほど遠い。

（他の敵艦はどうだ？）

上昇してゆく艦爆の偵察員席から、久瀬は海面を見下ろした。

攻撃目標とした敵戦艦六隻のうち、一、二番艦は速力が大幅に低下していることが分かる。後方に火災煙をなびかせているだけではない。一番艦の右舷側と二番艦の左舷側は、それぞれ海面がどす黒く染まり始めている。

水線下に破孔を穿たれ、重油が流出しているのだ。
三、四番艦は、いずれも艦上に火災を起こしているが、火災煙の量はさほどでもない。
「二五番と魚雷の差だな」

久瀬は呟いた。

二五番は、空母の飛行甲板を破壊して発着艦不能に陥れたり、被弾に弱い上部の兵装を破壊したりするには適しているが、戦艦の上部装甲を貫通する力は持たない。

一方魚雷は、水線下をぶち抜いて浸水を発生させるだけではない。当たりどころによっては缶室や機械室、推進軸、舵等を破壊し、速度性能や運動性能に甚大な被害をもたらす。

三番艦から六番艦までの四隻に、中途半端な被害しか与えられなかったのは、二五番の威力不足が主な原因だ。

二五番であっても、二、三航戦がそれぞれ一隻の戦艦に集中攻撃をかけていれば、大破まで追い込めたかもしれないが――。

「指揮官機より全機へ。攻撃終了。帰投する」

久瀬機が高度三〇〇〇まで上昇し、水平飛行に戻ったところで、橋口の声がレシーバーに響いた。

久瀬機の周囲には、第二中隊の残存機が集まっている。攻撃開始時には久瀬機を含めて七機だったが、現在は五機だ。投弾前か、投弾後かは不明だが、二機四名の搭乗員が未帰還となったのだ。

「海野一番より『海龍』隊。帰投する」

海野隊長が、「海龍」艦爆隊に下令した。

久瀬機は第二中隊の先頭に立ち、針路を三三〇度に取った。

機動部隊までは六〇浬。

三〇分と経たぬうちに、母艦が見えて来るはずだ。

台湾より出撃した一式陸攻四八機と戦闘攻撃機「天弓」二六機は、日本時間の一二時二一分（現地時間一一時二一分）に、米アジア艦隊の主力を捕捉した。

機動部隊の攻撃が終了してから、およそ一時間が経過している。

索敵機の情報によれば、敵戦艦は九隻とのことだったが、戦艦と思われる大型艦は七隻しか見えない。

第三艦隊の攻撃隊からは、

「我、敵戦艦二隻ヲ雷撃ス。敵一番艦ニ魚雷二本、二番艦ニ魚雷一本命中ヲ確認ス。一一一九（現地時間一〇時一九分）」

「我、敵戦艦四隻ヲ爆撃ス。敵三、四、五、六番艦ニ爆弾命中ヲ確認セルモ効果不充分。再攻撃ノ要有リト認ム。一一二二」

との報告電が打たれている。

前者は艦攻隊指揮官、後者は艦爆隊指揮官が打電したものだ。

被雷した二隻は隊列から離れ、キャビテに向かったが、急降下爆撃を受けた四隻は、損傷しているにも関わらず、進撃を続けているのだ。

戦艦二隻を戦列から失ったにも関わらず、米艦隊は戦意が旺盛だ。

全艦が白波を蹴立て、約二〇ノットと見積もられる速力で進撃している。

針路は三三〇度。北北西だ。

米アジア艦隊は、機動部隊を艦砲で捕捉すべく、最大戦速で突進しているのだろう。

「どうするのかな、指揮官は？」

第八航空隊第三小隊長の刈谷文雄中尉は、敵艦隊を見下ろして呟いた。

敵艦隊攻撃の命令を受けて出撃したのは、二三航戦隷下の高雄航空隊と第八航空隊だ。高雄空は二三航戦の司令部がある台南ではなく、高雄を基地としている。

総指揮官は、高雄空の飛行隊長須田佳三中佐だ。

被弾損傷している四隻を叩いて止めを刺すのか。無傷の艦を狙うのか。

「須田一番より全機へ。目標、敵戦艦二、三、四番艦。突撃隊形作れ」

「被弾した艦が目標か」

無線電話機のレシーバーに入った命令から、刈谷は総指揮官の意図を悟った。

三艦隊の艦爆隊指揮官は、敵三番艦から六番艦までの四隻に爆弾を命中させた旨を報告している。

敵戦艦七隻中、前方に位置する四隻が、既に被弾・

損傷していると考えられる。

損傷艦のうち三隻を叩くというのが、須田中佐の決定だ。

一番艦を目標から外したのは、同艦が左右に展開する駆逐艦の他、前方に布陣する重巡の援護も受けられる位置にあるためだろう。

「早乙女一番より八空全機へ。一中隊目標、四番艦。二中隊目標、三番艦。三中隊目標、二番艦」

続いて、八空の早乙女玄飛行隊長が指示を送る。

「西一番より早乙女一番。目標敵四番艦、了解」

「刈谷一番より早乙女一番。目標敵四番艦、了解」

西隆一郎第二小隊長に続いて、刈谷も復唱を返す。

攻撃隊は、北上する敵艦隊の左前方から接近する。

一式陸攻が、やにわに速力を上げた。

敵艦隊の左舷側に迂回し、後方へと回り込みつつある。

敵艦隊の後方から攻撃することで、相対速度を小さくし、水平爆撃の命中率を少しでも高めるつもりなのだ。

「早乙女一番より一中隊。二、三小隊は目標の右舷から攻撃せよ」

飛行隊長から、新たな指示が届いた。

「刈谷一番より早乙女一番。目標の右舷より攻撃します」

「刈谷一番より二、三番。目標、敵四番艦。右舷側から攻撃する。俺に続け！」

刈谷は早乙女に復唱を返し、次いで二番機の三谷勝一飛曹、三番機の清水和則二飛曹に指示を送った。

同時に、両翼に装備している落下式増槽を投下した。天弓の航続距離は一三〇〇浬だが、増槽の装備によって一七〇〇浬までの延伸が可能なのだ。

刈谷は、三谷機、清水機を誘導しつつ、水平旋回をかける。敵の右舷側、すなわち向かって左側に回り込むのだ。

天弓の機体が左に大きく傾斜し、目の前の敵艦隊が右に流れる。

英国のブリストル社で設計された戦闘攻撃機は、大きく旋回しつつ低空へと舞い降りる。

太い胴体の爆弾槽には、重量八〇〇キロの九一式航空魚雷が収められている。

雷撃、水平爆撃、空戦の三つの任務をこなせるのが、この機体の特徴だ。

開戦初日には、対重爆撃機用の重戦闘機としてB17を迎え撃ったが、今日は胴体内に魚雷を抱いて、敵戦艦への雷撃を敢行（かんこう）しようとしている。

当初、米アジア艦隊への航空雷撃には、第二一航空戦隊隷下の一式陸攻が候補に挙がっていた。

だが、天弓の方が一式陸攻よりも速度、運動性共に優れていること、防弾装備がしっかりしており、被弾に強いこと、火力が大きく、敵戦闘機とも戦えることから、天弓が選ばれたのだ。

この機体が、対重爆撃機用の戦闘機として役に立つことは、開戦初日の邀撃戦で既に証明されている。

今度は、対艦船用の陸上攻撃機としても有用であることを証明する番だ。

「高度一二（ヒトフタ）！　一〇（ヒトマル）！」

偵察員席の佐久間徳藏二等飛行兵曹の声が、伝声管から伝わる。

海面がせり上がるように近づき、右前方に見える艦影も拡大する。

敵からの発砲はまだない。天弓も、高雄空の一式陸攻も、射程外にいるようだ。

高度が一〇〇メートルを切るが、刈谷はなお降下を続ける。

海面が間近に迫り、波のうねりや白い波飛沫までがはっきり見える。

「二、三番機、どうか？」

「本機に続行中！」

刈谷の問いに、佐久間が即答する。

無線機のレシーバーに須田の声が響いた。

「全軍突撃せよ！」

「刈谷一番より二、三番。行くぞ！」

叩き付けるような命令を受け、刈谷は三谷と清水に命じた。

エンジン・スロットルを開き、突撃に転じる。

両翼に装備した三菱「火星」一一型エンジンが猛々しい咆哮を上げ、天弓の太い機体をぐいぐいと引っ張る。

西中尉の第二小隊が、やや先行する形だ。刈谷の第三小隊は、第二小隊の左後方から突撃していた。

前方に発射炎が閃き、敵弾が唸りを上げて飛来した。敵戦艦の左右を守る駆逐艦が、一二・七センチ両用砲で対空射撃を開始したのだ。

前上方で次々と爆発が起こり、湧き出す黒煙が視界を遮る。

一発が刈谷機の頭上で炸裂し、機首が強引に押し下げられる。

波頭が目の前に来るが、刈谷は操縦桿を手前に引き、辛うじて姿勢を立て直す。

「佐久間、大丈夫か⁉」

「大丈夫です。異常ありません！」

刈谷の問いに、佐久間が気丈な声で返答する。

敵弾はなおも次々と炸裂するが、第三小隊の天弓三機は、海面すれすれの高度を突き進む。

両用砲弾に代わり、機銃弾の火箭が出迎える。

赤や黄色の曳痕が地吹雪のように殺到し、海面に線状の飛沫を上げる。

ともすれば、敵弾全てが自分に向かって来るようにも感じられるが、敵弾は左右に逸れてゆく。

照準器の白い環が、敵駆逐艦の舷側を捉えた。

刈谷は敵の発射炎を目標に、一連射を放った。

照準器が上下左右に躍り、束の間視界がぶれる。

機首の真下から四条の太い火箭が噴き延び、駆逐艦の艦上に突き刺さる。

敵の機銃員が仰け反るのを見たような気もするし、錯覚だったような気もする。

気づいたときには、刈谷機は敵駆逐艦の艦尾をかすめ、左舷側へと抜けている。

直後、刈谷の視界に多数の水柱が飛び込んで来た。

前上方を、一式陸攻の編隊が轟々と航過している。

高雄空が、水平爆撃を開始したのだ。

敵戦艦が射弾を撃ち上げているのか、一式陸攻の周囲に黒い爆煙が見える。

陸攻隊は構うことなく、胴体下に抱いて来た五〇番徹甲爆弾を投下しながら、敵艦隊の頭上を、後ろから前へと抜けてゆく。

奔騰する水柱の向こうに、敵四番艦の影が見える。

対空砲火を撃ち上げつつ、回避運動を行っている様子だ。

右と左、どちらに回頭しているのかは、五〇番の落下で次々と突き上がる水柱や弾ける飛沫に妨げられ、はっきりとは分からなかった。

水平爆撃が収まり、敵四番艦の姿が露わになった。

第二、第三小隊に、艦尾を向けている。航跡は、反時計回りの円弧を描いている。

敵四番艦は、取舵を切っているのだ。

後方に、黒煙がなびいている。一式陸攻が投下した五〇番が命中したのだろう。

「今度は俺たちだ」

刈谷は、敵戦艦を睨み据えて呟いた。

目標は回頭を続けており、二、三小隊に左舷側を向けつつある。

刈谷は敵の未来位置を狙うべく、針路を修正する。

敵四番艦の艦上に、発射炎が閃いた。

青白い無数の曳痕が、右前方から向かって来た。

刈谷は、海面すれすれの高度を保つ。雷撃訓練の際に、繰り返し行った超低空飛行だ。僅かでも操縦を誤れば、海面に叩き付けられ、佐久間共々死を迎えることになる。

だが、敵弾を回避するには、この危険極まりない飛行が最も有効であることは確かだった。

刈谷は、ちらと右前方に目をやった。

第二小隊の三機が、三小隊より先行している。

三番機の高度が、他の二機より高めだ。

(危ないな)

そう思ったとき、青白い火箭が三番機を押し包むのが見えた。

敵弾はコクピットを襲ったらしい。三番機は炎も煙も噴き出すことなく、機首から海面に突っ込み、盛大な飛沫を上げた。

偵察員席の中に、動く人影が見えたような気がしたが、すぐに刈谷機の死角に消え、見えなくなった。

(一蓮托生か)

刈谷は、三番機の偵察員を務めていた坪井九郎一等飛行兵の顔を思い出している。

天弓であれ、艦爆、艦攻であれ、偵察員は操縦員に命を預ける立場だ。操縦員が戦死すれば、偵察員も道連れとなる。

自分の力ではどうすることもできない状況で、死を迎えた坪井一飛の心情を思う。

(何としても雷撃を成功させる。それが、二人への供養だ)

自身に言い聞かせ、刈谷はなおも突撃を続けた。

敵戦艦が火箭を飛ばしながら、視界の中を、右から左へとよぎってゆく。

艦の前後に背負い式に配置された四基の主砲塔や、中央にそびえる丈高い籠マストが、この上なく巨大なものに感じられる。

この巨体を、本当に航空雷撃で沈められるのか。自分たちは、途方もない怪物に挑まんとしているのではないか——そんな思いに囚われたとき、右前方の海面に飛沫が上がった。

二小隊の二機は右旋回をかけ、目標の後方に抜けようとしている。

二小隊は一機を失ったが、投雷に成功したのだ。

敵戦艦は波飛沫を上げ、巨体を揺すりながら、左へ左へと回っている。左舷側には発射炎が間断なく閃き、太い火箭を飛ばして来る。

距離は、もうあまりない。ぐずぐずしていれば、投雷の時機を失う。

「用意――てっ！」

刈谷は一声叫び、投下レバーを引いた。

重量物を切り離した反動で、機体がひょいと飛び上がった。

「喰らえ！」

一声叫び、発射ボタンを押した。

機首の真下からほとばしった火箭が、敵戦艦の左舷側に突き刺さった。

通常であれば、海面すれすれの高度を保ち、離脱するところだが、刈谷は機首の二〇ミリ機銃四丁によって、対空火器の制圧を図ったのだ。

射撃の成否を見極める余裕はない。刈谷機は敵戦艦の艦尾をかすめ、右舷側へと抜ける。

「二、三番機、発射しました！」

「よし！」

佐久間の報告を受け、刈谷は満足の声を上げた。

第二小隊が一機を失ったものの、第二、第三小隊は合計五本の九一式航空魚雷を発射したのだ。

これに、目標の反対側から突撃した第一小隊の魚雷も加わる。

最低でも一本は、目標の水線下を抉ると信じた。

低高度を保ち、敵四番艦から離脱する。

敵駆逐艦が、逃がさぬとばかりに射弾を浴びせて来る。

時折、敵弾命中の打撃音が響き、機体が震えるが、二基のエンジンは快調に回り続けており、計器にも異常はない。

見るからに太く、逞しい機体であり、スマートさとは無縁だが、防弾装備はしっかりしている。ぶちかましや張り手などものともしない、力士の肉体を思わせる。

待つことしばし、

「命中！　目標の左舷に水柱一本確認！」

佐久間が歓声混じりの報告を上げた。

「よし！」

刈谷の叫び声に、

「もう一本命中しました。右舷です！」

佐久間の新たな報告が重なった。

「一小隊は三機で一本、二、三小隊は五機で一本か。命中率は、一小隊が上だな」

口中で、刈谷は呟いた。

八空飛行隊長の早乙女少佐は、艦攻隊からの転属組だ。機動部隊で「雷撃の神様」の異名を取る村田重治少佐とは、ライバルの関係にあったという。

その早乙女が直率する小隊が、指揮官に相応しい成績を上げたのだ。

——一〇分後、刈谷は高度三〇〇〇まで上昇し、海面の敵艦隊を見下ろしていた。

攻撃目標とした三隻の敵戦艦のうち、魚雷が命中したのは三、四番艦だ。

速力が大幅に低下し、航跡が流出した重油によって黒く染まっている。

二番艦には、魚雷が命中した様子はないが、五〇番が複数命中したらしい。艦の複数箇所から噴出する火災煙が、上部構造物や甲板のほとんどを覆っている。

損害の程度は不明だが、火災の規模から判断して、戦闘力を大幅に削いだのは確かだ。

八空、高雄空は、米アジア艦隊の健在な戦艦七隻のうち、三隻を戦列から落伍させたと判断できた。

「須田一番より全機へ。攻撃終了。帰投する」

須田中佐の命令が伝わった。

一式陸攻が北に変針し、八空の天弓も続いた。

「佐久間、八空の残存は何機だ？」

「本機も含めて二二機です」

「未帰還四機か」

佐久間の返答を聞き、刈谷は自軍の損害を口にした。

損耗率は約一五パーセントだ。

頑丈に作られている天弓でも、これだけの被害が生じたのだ。

いや、天弓だからこそ、未帰還を四機で抑えられたのかもしれない、という気がする。

天弓より速度、運動性能が低く、防御力も乏しい一式陸攻であれば、より多数が失われたかもしれず、雷撃も失敗したかもしれない。

自分たちは、任務に成功した。

高雄空との協同攻撃で、敵戦艦三隻に大損害を与えたのだ。

今は、そのことを喜ぶべきだろう。

刈谷は、正面を見据えた。

敵艦隊を振り返りたい誘惑に駆られたが、天弓は左右の視界が悪く、操縦席からでは後方を見ることはほとんどできない。

ただ、魚雷に水線下を抉られ、重油を流出させていた敵三、四番艦と、多数の直撃弾を受けて激しい火災を起こしていた敵二番艦の姿は、はっきりと目の奥に焼き付けていた。

6

一一航艦による攻撃の成果は、航空母艦「土佐」艦上の第三艦隊司令部にも伝えられていた。

「我、敵戦艦ヲ攻撃ス。敵戦艦一ニ爆弾四発命中、同一ニ爆弾二発、魚雷一本命中、同一ニ爆弾一発、魚雷二本命中ヲ確認ス。一二五二（ヒトフタゴフタ）（現地時間一一時五二分）」

通信参謀小野寛次郎（おのかんじろう）少佐が報告電を読み上げると、幕僚たちがどよめいた。

第三艦隊は、敵の戦艦部隊に対する攻撃で、二隻に魚雷を、四隻に二五〇キロ爆弾を、それぞれ命中させたが、落伍に追い込んだのは二隻に留まった。

二五〇キロ爆弾では威力不足であり、戦艦には大きな打撃を与えられなかったのだ。

一方、一一航艦は、戦艦三隻に大きな損害を与えている。

　第三艦隊は、第一次攻撃で空母二隻を沈めているから、戦果の合計は第三艦隊の方が上回るが、戦艦部隊に対する攻撃では、一一航艦の戦果が上回る。

　意外な結果に、誰もが動揺を隠せないようだった。

「戦果に差が出たのは、使用している爆弾の違いかもしれません。九九艦爆が使用しているのは二五番ですが、陸攻隊は艦船攻撃の際、五〇番を搭載します。また、水平爆撃は命中率が低いという欠点がありますが、三〇〇〇メートル前後の高度から投下するため、命中時の破壊力が大きいのです。一一航艦が大きな戦果を上げ得たのは、そのあたりの差が出たものと考えます」

　吉岡忠一航空乙参謀の意見を受け、源田実航空甲参謀が言った。

「それだけではあるまい。我が軍は第二次攻撃で、敵戦艦四隻に二五番多数を命中させた。このときに、相当数の対空火器を破壊したと考えられる。対空砲火の弱体化も、一一航艦の戦果に結びついたと私は考える」

「敵戦艦三隻の撃破は、我が三艦隊と一一航艦の協同戦果だと言うのかね？」

　酒巻宗孝参謀長の問いに、源田は頷いた。

「事実上の協同戦果であると考えます」

「まあ、いいだろう」

　南雲忠一司令長官が、割って入るように言った。

「重要なのは、作戦目的の達成だ。三艦隊と一一航艦は、米アジア艦隊に合計三回に亘る攻撃を加え、空母二隻撃沈、戦艦五隻撃破の大戦果を上げた。敵に大打撃を与えた以上、作戦は成功と見てよい。戦果を上げたのがどこの部隊か、などというのは些末な問題だ」

「米アジア艦隊には、まだ四隻の戦艦が残っています。撃破した五隻の戦艦も、沈めたわけではありません。戦果の拡大が必要と考えますが」

　首席参謀大石保大佐の具申に、吉岡が返答した。

「それは難しいと考えます。各空母には、爆弾、魚雷の残量が乏しく、あまり多くの機数を出せません。少数機で攻撃しても、無効に終わる可能性大です」

　第三艦隊は、昨日のルソン攻撃、今日の米アジア艦隊攻撃と、二度に亘って艦上機の全力出撃を行っている。

　爆弾、魚雷の残りが少ないだけではない。艦上機には被弾・損傷した機体が多く、搭乗員も疲労している。

　三度目の攻撃を実施しても、戦果は期待できないのではないか、と吉岡は主張した。

「GFが機動部隊に求めているのは、一隻でも多くの敵艦を沈めることだ。可能性があるなら、第三次攻撃を実施すべきだ」

「私も、首席参謀に賛成します。無傷の戦艦を叩くのではなく、撃破した戦艦に止めを刺すことは可能と考えます」

　強い語調で主張した大石と源田に、酒巻が反対意見を唱えた。

「戦力の保全についても、考える必要がある。戦争は、まだ始まったばかりだ。昨日、今日の二日間で、戦力をすり潰すわけには行かぬ。艦上機以上に、一騎当千(いっきとうせん)の強者(つわもの)揃いである搭乗員を大事にしたい。彼らは我々にとり、掌中(しょうちゅう)の珠(たま)なのだからな」

「戦果の拡大は確かに重要だが、その任務は、三艦隊だけが果たす必要もあるまい」

　南雲がニヤリと笑い、小野通信参謀に命じた。

「これまでの戦果と米アジア艦隊の残存兵力、及び現在位置について、GF司令部と第二艦隊に打電してくれ。近藤長官は、御自分が為すべきことをわきまえておられる方だ」

第五章　マニラ湾口の火柱

1

一〇月二五日の二三時丁度、アメリカ合衆国アジア艦隊のサウス・ダコタ級戦艦「アイオワ」「マサチューセッツ」は、護衛の駆逐艦六隻と共に、マニラ湾口に近づいていた。

左舷前方には、湾口を扼するバターン半島の稜線が、ぼんやりと見えている。

「変針予定地点まで一〇浬です」

隊列の後方に位置する「マサチューセッツ」の艦橋で、航海長マーチン・グレイ中佐が、艦長ジェームズ・ドレイク大佐に報告した。

二隻の戦艦は針路を一二〇度に取り、バターン半島の南西岸沿いに航行している。

陸地が切れたところで、九〇度に変針し、湾口の北側に位置するコレヒドール島の南側を抜けて、キャビテ軍港に向かうのだ。

ドレイクは「うむ」とのみ返答し、周囲の海面を見つめた。

この日の月齢は四。

一時間ほど前までは、西の空に三日月が見えていたが、今は水平線の向こうに没している。

夜空には無数の星々が見えるが、それらの光は、海面を照らすには到底足りない。

海面に見えるものは、姉妹艦「アイオワ」と護衛に当たる駆逐艦のおぼろげな艦影だけだ。

各艦は潜水艦による襲撃を警戒し、標識灯すら点灯していない。

バターン半島、コレヒドール島に築かれている沿岸砲台も、灯火管制を行っているため、陸地に光はない。

闇の底を、大小八隻の合衆国軍艦は、一〇ノットの速力で南に向かってゆく。

「浸水の拡大はないな?」

「ありません」

ドレイクの問いに、グレイは返答した。

ダメージ・コントロール・チームを指揮するマーチン・ボラード少佐は、被雷箇所周辺に一〇名の兵員を張り付け、異常に対しては即座に対処できるよう準備を整えているという。

キャビテまでは充分持ち堪えられるはずです、とグレイは言った。

「合衆国の誇る戦艦部隊が、ここまで痛めつけられるとはな」

昼間の戦いを思い出しながら、ドレイクは言った。

日本軍は、第一次空襲で空母二隻を沈め、第二次、第三次空襲で、戦艦群を攻撃した。

第二次空襲では、アジア艦隊の旗艦「サウス・ダコタ」と二番艦の「インディアナ」が被雷し、キャビテへの帰還を余儀なくされた。

他に、サウス・ダコタ級戦艦四隻が五〇〇ポンドクラスと推定される爆弾を被弾したが、上面装甲を貫通された艦はなく、被害は軽微なものに留まった。

第三次空襲では、「ノース・カロライナ」「アイオワ」「マサチューセッツ」に攻撃が集中した。

「ノース・カロライナ」は一〇〇〇ポンドクラスと推定される爆弾四発を被弾し、艦橋トップの射撃指揮所と通信用アンテナを破壊された。

浸水こそなかったものの、戦闘継続は困難と判断され、先に被雷した二隻の姉妹艦と同じく、キャビテへの帰還を命じられた。

「アイオワ」「マサチューセッツ」の被害は、「ノース・カロライナ」以上に深刻だった。

「アイオワ」には爆弾二発、魚雷一本が命中し、第三砲塔が旋回不能に陥った他、一番推進軸が損傷し、速力が最大一六ノットまで低下した。

「マサチューセッツ」は爆弾一発が右舷中央に、魚雷二本が左舷中央、右舷艦首に、それぞれ命中した。

右舷中央への命中弾は、一二・七センチ両用砲一基、二八ミリ四連装機銃二基を破壊しただけに留まったが、左舷中央の被雷によって二番主機室が使用不能となり、艦首には七〇〇トンから八〇〇〇トンと見積もられる浸水が発生した。

ダメージ・コントロール・チームは、隔壁(かくへき)の補強によって浸水の拡大を防いだものの、水圧の増大による隔壁の破壊を防ぐため、速力は最大一〇ノットに制限された。

両艦もキャビテへの帰還を命じられたが、速力低下のため、「ノース・カロライナ」とは別行動になったのだ。

TF9は重巡「インディアナポリス」を暫定(ざんてい)的な旗艦として、サウス・ダコタ級の中で唯一健在な「モンタナ」と、三隻のニューメキシコ級戦艦を中心に、リンガエン湾の警戒を続けているが、戦力の大幅な減少は否(いな)めない。

(我が軍は、日本軍の力を見誤っていた)

昨日から今日にかけての戦闘を振り返ると、ドレイクはそのように考えざるを得ない。

サウス・ダコタ級は一九四一年一〇月現在、世界最強の戦艦であり、日本海軍に対抗可能な戦艦はないはずだった。

このクラスを六隻揃え、フィリピンに配備すれば、日本海軍は手も足も出ず、敗北覚悟の戦いを挑むか、戦わずして合衆国海軍に屈服するかの二者択一であると、本国の作戦本部は考えていた。

ところが日本海軍は、航空攻撃によって、サウス・ダコタ級戦艦五隻を無力化してしまったのだ。

ドレイク自身は、「航空機による戦艦の撃沈は、絶対に不可能」などと信じていたわけではないが、航空機による戦艦の撃沈が可能と証明し得るのは、合衆国かイギリスだけだと考えていた。

日本海軍は、対馬(ツシマ)沖の海戦でロシア・バルチック艦隊に完勝を収めた実績を持つが、極東の新興国に過ぎず、技術水準は合衆国やイギリスに比べて何年も遅れている。

その日本海軍に、航空主兵思想の正しさを実証できるとは予想していなかったのだ。

アメリカ海軍 BB-54 戦艦「マサチューセッツ」

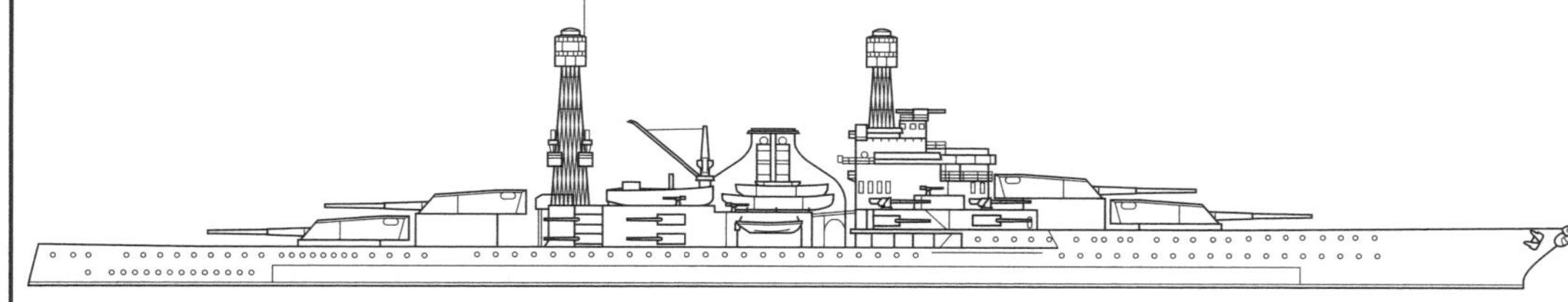

全長	208.0m
最大幅	32.0m
基準排水量	43,200トン
主機	ターボエレクトリック 4基／4軸
出力	60,000馬力
速力	23.0ノット
兵装	40.6cm 50口径 3連装砲 4基 12門 15.2cm 13口径 単装砲 16門 7.6cm 50口径 単装高角砲 8門 20mm 単装機銃 12丁 53.3cm 水中魚雷発射管 2門
乗員数	3,300名
同型艦	BB-49サウス・ダコタ、BB-50インディアナ、BB-52ノース・カロライナ、BB-53アイオワ ※BB-49、BB-50は近代化改装済。

米海軍が建造したサウス・ダコタ級戦艦の3番艦。

1916年策定の海軍整備計画（通称ダニエルズ・プラン）では、戦艦10隻、巡洋戦艦６隻の予算が認められ、戦艦はコロラド級４隻、サウス・ダコタ級６隻、巡洋戦艦はレキシントン級６隻が建造された。これら戦備拡大について、米海軍は各国に対し、フィリピン諸島やハワイ諸島、キューバ、プエルトリコなど、海外領土および保護領の拡大に対応したものと説明したが、極東において台頭著しい日本を仮想敵としているのは明白であった。

ダニエルズ・プランによる大幅な軍備拡張に対しては、欧州諸国も懸念を表し、1927年、ニューヨーク海軍軍縮条約が締結された。これにより条約国は戦艦の建造を10年間凍結したが、米海軍はすでに着工中の戦艦、巡洋戦艦の建艦続行を主張、ダニエルズ・プランで予定されたすべての戦艦、巡洋戦艦を竣工させている。

アジア艦隊も、作戦本部も、日本軍の実力を過小評価していたとしか言いようがない。

合衆国側にとっての救いは、サウス・ダコタ級戦艦の被害が「損傷」に留まり、「撃沈」には至っていないことだ。

日本軍の航空部隊は、アジア艦隊を一挙に壊滅させようとでも考えたのか、六隻のサウス・ダコタ級に攻撃を分散した。

結果、一隻当たりに命中した爆弾、魚雷の数が少なくなり、沈没に至った艦はなかったのだ。

（いずれ後悔するぞ、ジャップ。サウス・ダコタ級を取り逃がしたことをな）

敵機の姿を思い浮かべながら、ドレイクは日本軍に呼びかけた。

合衆国軍は、開戦直後にトラック環礁、マーシャル諸島を陥落させたとの報告が届いているから、遠からずフィリピンとの連絡も付けられる。

そうなれば、サウス・ダコタ級を後方に下げ、真珠湾やサンディエゴのドックで修理できる。

サウス・ダコタ級の長砲身四〇センチ主砲が日本艦隊を殲滅する日は、必ず訪れるはずだ。

「対空レーダーに反応。方位三〇〇度、距離三〇浬。当隊に接近中」

レーダーマンの報告が、ドレイクの思考を中断させた。

「友軍機だろう」

と、ドレイクは応えた。

現在、マニラ、オロンガポの両水上機基地から飛び立ったカタリナ飛行艇が、夜間偵察と対潜哨戒に当たっている。

それらの一機が帰還途上にあるのだろう、とドレイクは思ったのだ。

念のために、と思い、通信長のジェフ・パーマー中佐を呼び出す。

「方位三〇〇度より接近中の機体に通信を送れ。『我、〈マサチューセッツ〉。貴機の所属部隊、並びに機体番号を報されたし』と」

と、命令を伝える。

パーマーが復唱を返し、「マサチューセッツ」から通信が送られる。

答は、すぐには返って来ない。レーダーが捉えた機体は、次第に距離を詰めて来る。

「パーマー、もう一度通信を送れ。内容は、先のものと同じでいい」

ドレイクが再度命じたとき、爆音が聞こえ始めた。右舷後方から接近して来る。

音源は、かなり近い。高度三〇〇〇フィート以下の低空を飛んでいるようだ。

「もしや……！」

何かを直感したのか、グレイ航海長が緊張した叫び声を上げた。

数秒後、前を行く「アイオワ」の姿が、おぼろげな光の中に浮かび上がった。

上空に、青白い光源がゆらゆらと漂っている。どこか、クラゲを連想させる動きだ。

「吊光弾（ちょうこうだん）だ！　ジャップの偵察機だ！」

ドレイクが叫んだとき、「マサチューセッツ」もまた、頭上から降り注ぐ光に照らし出された。

二基の巨大な三連装四〇センチ砲塔も、艦首の揚錨機（ようびょうき）も、第二次空襲時に受けた急降下爆撃で前甲板に穿たれた破孔も、光の中に浮かび上がっている。

一〇秒ほどの間を置いて、右後方の複数箇所でめくるめく閃光が走った。

「右一五〇度に敵艦！　戦艦らしい！」

艦橋見張員の叫び声に、巨弾が飛翔する独特の音が重なった。

「艦長より砲術。星弾発射！」

ドレイクは、艦橋トップの射撃指揮所に下令した。

その間にも、敵弾の飛翔音が拡大する。

海そのものを断ち割らんとするような轟音だ。

前を行く「アイオワ」の右舷側海面に、敵弾が落下した。

海面が大きく盛り上がり、巨大な柱となって、空中高く伸び上がった。

続けて、「マサチューセッツ」の右舷側海面にも弾着の水柱が奔騰する。

弾着位置は遠いが、水柱の頂（いただき）は「マサチューセッツ」の籠マストを大きく超えている。

水柱が崩れたとき、「アイオワ」の後甲板に発射炎が閃いた。若干遅れて、「マサチューセッツ」の後部からも砲声が伝わった。

両艦が敵の姿を見極めるべく、星弾を放ったのだ。

右後方の敵艦が、第二射を放つ。

敵弾の飛翔音が再び迫り、「アイオワ」「マサチューセッツ」の右舷側海面に弾着の水柱が奔騰する。

敵艦の頭上で、星弾が弾けた。

オレンジの表皮を思わせる色合いの光が、艦影をうっすらと浮かび上がらせる。

「砲術より艦橋。敵は戦艦二！　金剛型（コンゴウ・タイプ）と認む」

「やはり戦艦か！」

砲術長スコット・アンドレア中佐の報告を受け、ドレイクは唸り声を発した。

日本軍は、航空攻撃だけで沈められなかったサウス・ダコタ級に止めを刺すべく、戦艦を送り込んで来たのだ。

「目標、右後方の敵戦艦。最も照準を付けやすい艦を狙え」

「目標、右後方の敵戦艦。最も照準を付けやすい艦を狙います」

ドレイクの命令に、アンドレアが復唱を返した。

「マサチューセッツ」は被雷に伴う浸水のため、縦傾斜（トリム）が狂っている。正確な砲撃は望めない。

前を行く「アイオワ」も同様だ。

だがサウス・ダコタ級は、合衆国が誇る世界最強の戦艦だ。

傷つき、戦闘力が低下しているとはいえ、一方的に打ちのめされるなど許されない。

「ジャップめ、こっちが手負（てお）いなら勝てると思ったのだろうが、そうはゆかぬぞ！」

　ドレイクは、敵愾心を込めて叫んだ。

　敵戦艦二隻が第三射を放った直後、前方の「アイオワ」が発砲した。

　発射炎が一瞬、艦影をくっきりと浮かび上がらせ、若干の間を置いて、雷鳴のような砲声が「マサチューセッツ」に届いた。

　長砲身四〇センチ砲の砲撃だ。敵が右後方にいること、第三砲塔が旋回不能になっていることから、第四砲塔の三門のみを撃っている。

「目標、敵一番艦。第三、第四砲塔、砲撃開始します」

　アンドレアが報告した。

　一拍置いて、艦橋の後方から強烈な砲声が轟き、発射の反動が艦首までを刺し貫いた。

　サウス・ダコタ級戦艦の六番艦が、この世に生を受けてから、初めて敵艦に放つ砲撃だった。

2

「アイオワ」「マサチューセッツ」を攻撃したのは、近藤信竹中将が率いる第二艦隊だった。

　第三戦隊の戦艦「金剛」「榛名」、高雄型重巡四隻で編成された第四戦隊、妙高型重巡二隻で編成された第五戦隊第一分隊、軽巡洋艦「神通」と駆逐艦一二隻から成る第二水雷戦隊がルソン島の西方海上に出撃している。

　連合艦隊は米アジア艦隊に対し、航空戦による撃滅を企図したが、戦艦の数が九隻と多いため、全艦の撃沈は難しいと考えられていた。

　そこで、機動部隊と基地航空隊が撃ち漏らした艦を、夜戦によって仕留める計画が立てられたのだ。

　第二艦隊は、日没後にマニラ湾口に接近し、避退して来た米戦艦を捕捉したのだった。

　二隻の米戦艦は、観測機が投下した吊光弾の光によって、その姿を浮かび上がらせており、「金剛」「榛名」もまた、星弾の光に照らされている。

「金剛」砲術長浮田信家中佐は、艦長小柳富次大佐に、

「敵二番艦、本艦の左四〇度、八〇（八〇〇〇メートル）！」

との報告を上げていた。

その「金剛」目がけ、敵戦艦の射弾が、唸りを上げて飛来した。

轟音が「金剛」の頭上を通過した直後、右後方から弾着の水音が届いた。

一〇秒ほどの間を置いて、新たな敵弾の飛翔音が届く。

こちらは「金剛」と「榛名」の間に落下したらしく、真後ろから水音が伝わって来る。

「足下が覚束なければ、狙いが定まるまい」

小柳は、敵戦艦にその言葉を投げかけた。

敵は雷撃を受けたらしく、行き足が鈍い。

被雷による浸水は、速力を低下させるだけではなく、艦の傾斜による射撃精度の低下を招くのだ。

二隻の敵戦艦は、「足腰がふらついた射手」の状態にある。

狙いが定まらなければ、サウス・ダコタ級戦艦の五〇口径四〇センチ砲もさほどの脅威にはならない。

「第三射、全弾遠！」

浮田砲術長が報告を上げる。

「金剛」は、第四射を放つ。

後部の第三、第四砲塔は、目標を射界に捉えていないため、前部の第一、第二砲塔のみによる砲撃だ。

各砲塔の二番砲二門が火を噴き、左舷前方に火焔をほとばしらせる。

二門だけでも、三五・六センチ砲の発射に伴う反動はかなりのものだ。発射の瞬間、他の全ての音がかき消され、下腹を一撃されるような衝撃が伝わる。

後方から「榛名」の砲声が届く。「金剛」同様、第一、第二砲塔の二番砲による砲撃だ。

二艦合計四発の三五・六センチ砲弾が、唸りを上げて敵戦艦の二番艦に飛ぶ。

　敵戦艦の艦上にも、発射炎が閃く。

　艦影が瞬間的に浮かび上がり、艦上にそびえる籠マストが見て取れる。

「二水戦、突撃します！」

「よし！」

　艦橋見張員の報告を受け、小柳は頷いた。

　米戦艦に止めを刺すのは、「金剛」「榛名」の三五・六センチ主砲ではなく魚雷だ。

　帝国海軍の九三式六一センチ魚雷は、純粋酸素を動力源としており、隠密性、雷速、最大射程、炸薬量の全てにおいて、列国の魚雷より優っている。

　米海軍最強のサウス・ダコタ級戦艦といえども、航空魚雷に加えて、酸素魚雷を叩き込まれれば、ひとたまりもないはずだ。

「金剛」「榛名」の第四射弾が、敵二番艦の周囲に着弾する。

　今度も、直撃弾はない。二艦合計四発の三五・六センチ砲弾は、海面を抉っただけだ。

　敵戦艦の第二射弾もまた、空振りに終わっている。

　長砲身の四〇センチ砲から放たれた重量一トンの巨弾は、威嚇するような轟音を上げながら飛来するが、全弾が大きく外れた海面に落下している。

「艦長、あと七分で敵の正横に占位します」

「了解！」

　航海長田ヶ原義太郎中佐の報告に、小柳は即答した。

　射撃指揮所からは、「敵の速力一〇ノット」との報告が届いている。

　最大戦速の三〇ノットで航進している「金剛」「榛名」とは、二〇ノットの速力差があるのだ。

　目標の正横に占位すれば、全主砲を使用でき、命中率も高められる。

　ただし、その条件は敵戦艦も同じだが――。

「金剛」「榛名」は、第五射、第六射と砲撃を繰り返す。

　直撃弾炸裂の閃光は、観測されない。

　一射当たり、四発ずつを発射する三五・六センチ砲弾は、海面を叩いて水柱を噴き上げるだけだ。

　敵戦艦の射弾も同様だ。

　初速の大きい四〇センチ砲弾は、全て「金剛」から離れた海面に落下している。

　基準排水量三万一七二〇トンの艦体を、直撃弾の衝撃が揺るがすことはない。

　第六射が空振りに終わった直後、浮田が報告を上げた。

「第三、第四砲塔、敵を射界に捉えました。次より、全主砲を使用します」

「了解！」

　とのみ、小柳は返答した。

　観測機が、敵艦の頭上に新たな吊光弾を投下する。

　青白い光源が風の中で揺らめき、敵の艦影が、おぼろげに浮かび上がる。

　その敵艦目がけ、「金剛」は第七射を放つ。今度は四基の主砲塔全てを用いての砲撃だ。

　発射の瞬間、これまでに倍する砲声が轟き、前後から艦橋を押し包む。

　後方から、「榛名」の砲声も届く。

　敵一、二番艦の艦上にも、発射炎が閃いた。

　光はこれまでよりも明るく、敵の艦影が一層はっきり見える。

「金剛」「榛名」が第三、第四砲塔を撃ったのと同じように、敵戦艦二隻もまた、前部の第一、第二砲塔から射弾を放ったのだ。

　多数の砲弾が夜空で交錯し、飛翔音が轟く。

「金剛」の周囲の大気が、噴火の前触れのように鳴動する。

　先に落下したのは、敵二番艦の射弾だ。

　至近弾はない。全弾が「金剛」の頭上を飛び越え、右舷側海面に落下している。

　数秒の間を置いて、敵一番艦の射弾が、「金剛」

の正面から左舷側にかけて落下した。

弾着の瞬間、「金剛」は左舷側の艦底部から爆圧に突き上げられ、右舷側に仰け反った。

数秒後、大量の海水が頭上から降り注ぎ、艦首甲板や第一、第二砲塔の砲身や天蓋を叩いた。夕立どころか、滝を思わせる水量だ。

敵二番艦の艦上に、火災炎らしき揺らめきはない。第七射も命中弾なしに終わったのだ。

「艦長より砲術。目標を敵一番艦に変更!」

「目標変更ですか?」

小柳の命令に、浮田が聞き返した。

言いたいことは分かる。

弾着修正により、射撃精度は上がっている。次は、直撃弾を得られるかもしれない。

ここで目標を変更すれば、これまでの弾着修正が無駄になる。

小柳は、断固たる口調で命じた。

「目標、敵一番艦だ。急げ!」

「目標、敵一番艦。宜候!」

浮田は、復唱を返した。内心は不満を抱いているかもしれないが、その様子はうかがわせなかった。

目標を変更している間に、「榛名」が第八射を撃ったらしく、後方から砲声が伝わる。

敵戦艦二隻も第六射を放ち、敵弾が唸りを上げて飛来する。

今度は一発が、後部至近に落下した。

蹴り上げられるような衝撃が襲い、艦がしばし前にのめった。

「なんたる威力だ……!」

小柳は呻いた。

五〇口径四〇センチ砲から放たれた射弾は、直撃せずとも「金剛」を翻弄している。

至近弾の爆圧によって、三万トンを超える鋼鉄製の艦体を揺さぶっている。

直撃したときの被害を想像すると、悪寒を禁じ得ない。

見通しが外れた。敵は、弱体化していなかった——そう思わずにいられないほど、強烈な一撃だった。

艦の動揺が収まったとき、

「敵二番艦に命中。『榛名』の戦果です！」

後部指揮所から報告が上げられた。

小柳は、敵二番艦に双眼鏡を向けた。

発射炎とは異なる、光の揺らめきが見える。

報告された通り、「榛名」が命中弾を得たようだ。

「これで、敵二番艦は『榛名』に任せられる」

小柳が呟いたとき、

「砲術より艦長。目標、敵一番艦。測的完了。砲撃始めます」

浮田が報告した。

一拍置いて、「金剛」が新目標への第一射を放った。

敵二番艦が通算七度目の発射炎を閃かせ、敵一番艦が続く。

「金剛」の後方からは、これまでよりも大きな砲声が伝わる。

「榛名」が斉射に移行したのだ。

「金剛」からは四発が、「榛名」からは八発が、唸りを上げて飛ぶ。

四〇センチ砲弾と三五・六センチ砲弾が空中で交錯し、夜の大気を鳴動させる。

轟音は、「金剛」の頭上を通過した。

右後方の海面から弾着の水音が伝わり、白い水柱が観測された。

今度は、至近距離への落下はない。爆圧は、ほとんど感じられない。

敵一番艦の射弾は、大きく外れた場所に落下したのだ。

「先の至近弾は、まぐれだったようだな」

小柳は、額の汗を拭った。

次は直撃弾が来るかと覚悟したが、敵戦艦の照準は依然不正確だ。

敵の第六射で、一発が至近距離に落下したのは、偶然の産物と思われた。

「敵二番艦に命中弾！」

「後部見張りより艦橋。『榛名』の右舷側に弾着。損害はない模様」

二つの報告が、前後して飛び込んだ。

小柳は、敵二番艦に双眼鏡を向けた。

艦上に見える光の揺らめきが、一層大きくなったように感じられる。「榛名」の最初の斉射弾は、敵二番艦に新たな直撃弾を得たのだ。

敵一番艦への命中弾は、まだない。

初弾命中が難しいことは分かっているが、距離が詰まることで、射撃精度も上がっているはずだ。

「金剛」の艦上に新たな発射炎が閃き、砲声が轟く。

各砲塔の二番砲が、敵一番艦への第二射を放ったのだ。

後方からは「榛名」の砲声が届き、敵一、二番艦の艦上にも発射炎が閃く。

「敵も粘りますね」

田ヶ原航海長が言った。

敵二番艦には、「榛名」の三五・六センチ砲弾が二発以上命中しているはずだ。

にも関わらず、弱った様子は見せない。

一二門の長砲身四〇センチ主砲を振り立て、砲撃を続けている。

「相手が相手だ。簡単には参るまい」

小柳は応えた。

サウス・ダコタ級戦艦の装甲厚については公表されていないが、一般に戦艦の防御装甲は、「決戦距離から自艦の主砲に撃たれても、貫通されないこと」とされている。

長砲身四〇センチ砲の搭載艦であれば、当然四〇センチ砲弾に貫通を許さないだけの防御力を持つはずだ。

三五・六センチ砲装備の「金剛」「榛名」で、サウス・ダコタ級に致命傷を与えるには、どうしても時間がかかる。

それでも、敵二番艦は既に火災を起こしている。いずれ、戦闘不能か航行不能に陥るはずだ。

小柳は敵の隊列に双眼鏡を向け、一番艦と二番艦を交互に見つめた。

ほどなく敵一番艦の艦上に、橙色の爆炎が躍る様が認められた。

「よし！」

小柳は、田ヶ原と頷き合った。

敵二番艦に対しては、七回も空振りを繰り返した挙げ句、命中弾を一発も得られなかった「金剛」だが、敵一番艦に対しては、弾着修正を一回行っただけで命中させたのだ。

「砲術より艦長。次より斉射！」

「畳みかけろ！」

浮田の報告を受け、小柳はけしかけるように叫んだ。

この間に、「榛名」の第二斉射も敵二番艦を捉えている。

束の間、敵艦の火災炎が奔騰する水柱に隠れて見えなくなるが、すぐに水柱が崩れ、橙色に光る揺らめきが現れる。

光の中に、米戦艦に特有の籠マストが浮かび上がっている。「金剛」の艦橋からは、火刑に処されているようにも見える。

敵一、二番艦の射弾は、これまでと変わらない。轟音を上げて殺到して来るものの、直撃弾はなく、「金剛」「榛名」から大きく外れた海面に落下するだけだ。

「これなら勝てる」

小柳は呟いた。

金剛型は、帝国海軍の戦艦の中では最速を誇るが、最も旧式の艦でもある。

二度に亘る近代化改装を受けたとはいえ、「金剛」の艦齢は二八年、「榛名」の艦齢は二六年に達し、経年に伴う劣化も各所で進んでいる。

その旧式戦艦が、米海軍最強の戦艦に打ち勝とうとしているのだ。

艦長冥利に尽きるというものだった。

「金剛」が、この日最初の斉射を放った。

艦橋からは、前部四門の主砲が左舷前方に向けて火を噴く様がはっきり見えた。

瞬間的に、「金剛」の周囲が真昼に変わり、轟然たる砲声が他の全ての音をかき消した。発射の反動は艦全体を揺るがし、小柳も下腹に強烈な衝撃を感じた。

どこかから、きしみ音が聞こえたような気がする。老朽化が進んだ艦体が、斉射の衝撃を受けたためかもしれない。白髪頭を振り乱しながらも、長柄の槍や刀を振るう老武将を思わせた。

後方からは、「榛名」の砲声も伝わる。

時間差をつけて放たれた、二艦合計一六発の三五・六センチ砲弾が、轟音を上げて飛翔する。

弾着の直前、予想外のことが起きた。

後続する「榛名」の左後方に、閃光が走ったのだ。

「後部見張りより艦橋。左一三五度に発射炎らしきもの確認！」

報告が届いたとき、小柳は一瞬、自身の目と耳を疑った。

光が確認された方向には、彼我共に、艦の所在は確認されていない。

何もないところに、突然発射炎が出現したとしか思えなかった。

見張員の間違いでも、幻でもなかった。

轟音が、左後方から聞こえ始めたのだ。ここまでの戦闘でさんざん聞かされた、四〇センチ砲弾の飛翔音だった。

轟音が急速に迫り、拡大した。「金剛」の頭上を、後ろから前に通過した。

音が消えると同時に、「金剛」の前方に巨大な海水の柱が奔騰し、正面の視界を遮った。

艦首から突き上げる爆圧が、艦を後ろに仰け反らせた。

「思い知ったか、ジャップ。昼間のお返しだ！」

合衆国戦艦「インディアナ」の艦長ロバート・フォレイジャー大佐は、日本艦隊に向かって叫んだ。

「インディアナ」は、サウス・ダコタ級戦艦の二番艦だ。

昼間の空襲で被雷し、キャビテに帰還した後、突貫工事で被雷箇所周辺の隔壁補強に当たり、再出撃可能な状態まで復旧させた。

魚雷二本が命中した「サウス・ダコタ」は、短時間での復旧は困難と判断されたが、「インディアナ」の被雷は一本だけだったため、戦闘可能な状態にこぎつけられたのだ。

日没後、フォレイジャーは日本艦隊が出現する可能性を考慮し、「インディアナ」を護衛の駆逐艦四隻と共に、バターン半島の南西岸付近で待機させた。

果たして日本艦隊は、マニラ湾口の沖に出現した。

被雷したために戦列から離れた「アイオワ」「マサチューセッツ」に止めを刺すべく、襲撃して来たのだ。

フォレイジャーは二隻の姉妹艦を援護すべく、砲術長レナード・ジャクソン中佐に砲門を開くよう命じたのだった。

「艦隊戦になれば、こちらのものだ。昼戦だろうと夜戦だろうと構わん。サウス・ダコタ級の威力を思い知らせてやる」

敵愾心を込め、フォレイジャーは呟いた。

「敵戦艦二隻、砲撃を中止しました」

「狙い通りだ」

ジャクソン砲術長の報告を受け、フォレイジャーは微笑した。

最初の砲撃は、言うなれば挨拶代わりだ。

新手が出現したことを日本艦隊に知らせ、「インディアナ」に注意を引きつけるのだ。

「アイオワ」「マサチューセッツ」の二艦は、マニラ湾に逃げ込む時間を稼げる。

「敵の隊列はどうだ？」

「乱れた様子はありません。巡洋艦、駆逐艦が『アイオワ』『マサチューセッツ』に接近しています」

「よし、巡洋艦を狙え。一番艦だ」

フォレイジャーは即断した。

「アイオワ」「マサチューセッツ」にとり、最大の脅威となるのは魚雷だ。

合衆国では、一部を除いて巡洋艦には雷装を施していないが、日本海軍の巡洋艦は、全て雷装を持つ。

「インディアナ」一艦で、日本艦隊全てを相手取るのは流石に無理だが、戦艦と巡洋艦だけなら、四〇センチ主砲一二門で叩きのめすことは可能だ。

敵の駆逐艦は、味方の駆逐艦が相手取れるだろう、とフォレイジャーは考えていた。

「アイアイサー。目標、敵巡洋艦一番艦！」

ジャクソンが復唱を返した。

前甲板では、第一、第二砲塔が新目標を求めて旋回し、太く長い砲身が俯仰している。

フォレイジャーは敵の注意を引きつけるため、最初からの斉射を命じていた。

「測的よし。射撃開始します」

ジャクソンが、力のこもった声で報告した。

一拍置いて「インディアナ」の四〇センチ主砲一二門は、左舷側に向け、巨大な火焰を噴出した。

斉射の反動を受けた巨体が激しく震えた。

落雷のそれをも凌ぐ強烈な砲声が、夜の大気と海面を揺るがした。

3

「まさか……？」

巨弾の飛翔音が急速に拡大したとき、第二艦隊司令長官近藤信竹中将の口から、その呟きが漏れた。

新たに出現した敵戦艦の第一射は、第三戦隊に向けられた。二度目以降の砲撃も、三戦隊に向けられると思っていた。

　にも関わらず敵弾は、重巡部隊である第四戦隊に迫っている。

　轟音が、急速に拡大した。

「来るぞ！」

「総員、衝撃に備えよ！」

　首席参謀柳沢蔵之大佐が叫び、旗艦「愛宕」艦長伊集院松治大佐が全乗員に下令した。

　数秒後、「愛宕」の正面に巨大な海水の壁が出現した。

　爆圧が艦首を突き上げ、「愛宕」は大きく後方に仰け反った。しばし艦橋の床が急坂と化したように感じられ、艦が直立するのではないかとさえ思わされた。

「愛宕」は全長二〇三・八メートル、最大幅二〇・七メートル、基準排水量一万三四〇〇トン。

　戦艦には及ばないが、決して小さな艦ではない。

　その巨体が、嵐に巻き込まれた小舟のように翻弄されていた。

　一旦突き上げられた艦首が、反動で沈み込む。

　艦橋の床が、今度は前方に傾斜する。

「愛宕」の艦首から艦橋にかけて、大量の海水が降り注ぎ、艦の周囲は全く見えなくなる。

「副長より艦長。艦首に軽微な浸水あり！」

「機関長より艦長。機関部に異常なし。全力発揮可能！」

　敵弾落下の狂騒が収まったところで、応急指揮官を務める副長柳原増蔵中佐と機関長中山栄中佐が報告した。

「敵の指揮官は、何を考えている？」

　近藤は、しばし茫然として呟いた。

　第一射と第二射で異なる目標を狙うなど、第一射で目標を轟沈させでもしない限りあり得ぬ、と思ったのだ。

「四、五戦隊の方が、脅威が大きいと判断したのかもしれません。戦艦の砲撃よりも、重巡の雷撃が」

「あり得る話だ」

参謀長白石万隆（しらいしかずたか）少将の意見を受け、近藤は頷いた。

重巡、駆逐艦が搭載する九三式六一センチ魚雷は、相手が戦艦であっても容易に水線下をぶち抜き、海水を奔入させる。

サウス・ダコタ級戦艦にとっては、金剛型の三五・六センチ主砲よりも恐ろしい存在なのだ。

新たな敵戦艦の艦長は、重巡を優先して叩くと決めたのだろう。

近藤が新たな指示を出すよりも早く、敵の第二射弾が、轟音と共に飛来する。

今度は全弾が「愛宕」の頭上を飛び越え、右舷側に落下する。

爆圧は右舷艦底部を突き上げ、艦は横波を喰らった小舟のようにローリングする。

一万トン級の重巡にとっては、至近弾だけでも致命傷を受けかねないほどの威力だ。

「全艦に命令。三、四、五戦隊目標、左後方に出現せる敵戦艦。二水戦は左前方の敵戦艦二隻を雷撃せよ！」

近藤は、新たに出現した敵戦艦に、戦艦二隻、重巡六隻の火力を集中すると決めた。

最初の攻撃目標とした敵戦艦二隻は、被雷によって速力が低下していることに加え、「金剛」「榛名」の砲撃を受けて火災を起こしている。

第二水雷戦隊の雷撃だけで、止めを刺せるはずだ。

通信室より、報告が上げられた。

「二水戦より返信。『当隊目標、左前方ノ敵戦艦。宜候』！」

4

「愛宕」の通信室が近藤司令長官に報告を伝えたとき、第二水雷戦隊は二隻の敵戦艦に向け、最大戦速で突撃していた。

旗艦「神通」を先頭に、第八駆逐隊の朝潮（あさしお）型駆逐

艦四隻、第一五、一六駆逐隊の陽炎型駆逐艦八隻だ。

二隻のサウス・ダコタ級戦艦は、昼間の航空戦で被雷し、速力が大幅に低下していることに加え、「金剛」「榛名」の砲撃を受けて、火災を起こしている。

雷撃によって、止めを刺す好機だ。

二水戦の左前方に、多数の発射炎が閃く。

鋭い飛翔音と共に、多数の小口径砲弾が飛来し、海面で炸裂して飛沫を上げる。

敵戦艦の護衛に当たる駆逐艦の砲撃だ。

「左砲戦。目標、左四五度ノ敵駆逐艦。砲撃始メ」

各駆逐艦の艦橋に、「神通」の通信室から命令が入る。

「神通」が、一四センチ単装主砲七基のうち、左前方に指向可能な一、三番砲で砲撃を開始する。

続いて第八駆逐隊の朝潮型四隻が、前部に装備する一二・七センチ連装砲を撃つ。

「八駆、砲撃始めました!」

「一五駆、砲撃始め!」

艦橋見張員の報告を受け、第一五駆逐隊司令佐藤寅治郎大佐は、力を込めて下令した。

「艦長より砲術。目標、左四五度の敵駆逐艦。砲撃始め!」

司令駆逐艦「黒潮」駆逐艦長宇垣環中佐が射撃指揮所に命じ、「黒潮」の前甲板から火焔がほとばしる。

「『親潮』『早潮』『夏潮』撃ち方始めました」

「一六駆各艦、撃ち方始めました」

後部見張員が、一五駆の所属艦三隻と一六駆の動きを報告する。

早くも命中弾を得たのか、敵の隊列の二箇所で爆炎が躍る。

「敵戦艦の位置は?」

「左二五度、四五(四五〇〇メートル)!」

佐藤の問いに、砲術長の深井淳次大尉が答えた。

「まだ、少し距離があるな」

佐藤は、彼我の相対位置を脳裏に思い描きながら呟いた。

二水戦は、敵戦艦の後方から追跡する形になっている。

雷撃を成功させるには、敵戦艦を追い抜き、未来位置に向けて発射する必要がある。

敵戦艦と並進するまでには、約四〇〇〇メートルの距離を詰めねばならないが、敵もまた一〇ノット前後の速力で航進している。

敵艦の正横に出るまでには、五分強だ。

突然、左舷前方に強烈な閃光が走った。

駆逐艦の発射炎などとは比較にならない。海面に、太陽が降りて来たと錯覚するほどの光量だ。

轟音が、「黒潮」の頭上を通過する。

後部見張員が、緊張した声で報告を上げる。

「右後方に弾着。水柱、極めて大！」

二隻の敵戦艦が、主砲を放ったのだ。

軽巡や駆逐艦に長砲身四〇センチ砲を用いるのは、破壊力が過剰という気もするが、敵も死に物狂いだ。

雷撃を避けるためには、なりふり構っていられないのだろう。

二水戦の各艦は、敵駆逐艦に砲火を集中する。

砲撃開始直後に二隻を被弾・炎上させ、落伍に追い込んだが、更に二隻に射弾を命中させ、火災を起こさせる。

駆逐艦同士の砲戦では日本側が優勢だ。敵駆逐艦は次々と被弾、落伍し、戦艦二隻は裸になってゆく。

敵戦艦二隻が第二射を放った。

めくるめく閃光が再びほとばしり、光の中に艦影が浮かび上がった。

二水戦の左舷側海面に、敵弾が落下する。射入角が浅いためか、大量の海水が噴き上がり、二水戦各艦に、横殴りに襲いかかる。

「黒潮」も、敵弾落下の飛沫を浴びた。海水が真横から、艦橋や舷側を激しく叩いた。

艦が僅かにぐらついたが、損傷はない。「黒潮」は一五駆の先頭に立ち、三五ノットの速力で航走を続けている。

「後部見張り、各艦の状況報せ」

「『親潮』以下三隻、突撃を続けています！」

「一六駆はどうか？」

「全艦健在です！」

佐藤の命令に、即座に応答が返される。

「うむ！」

佐藤は満足の声を上げ、前方に向き直る。

敵戦艦二隻は被雷に伴う傾斜のため、射撃精度が著しく落ちているのだ。

これなら、直撃弾を受ける可能性は少ない。最大戦速で距離を詰め、帝国海軍が誇る九三式六一センチ魚雷を叩き込んでやれる。

不意に、前方に爆発光が走った。

「『大潮（おおしお）』被弾！」

の報告が、それに続いた。

第八駆逐隊の二番艦「大潮」に、敵駆逐艦の一二・七センチ砲弾が命中したのだ。

続けて、同じ八駆の司令駆逐艦「朝潮」にも一発が命中する。

二隻の駆逐艦は、致命傷は受けていないらしい。黒煙を引きずりながらも、突撃を続けている。

敵駆逐艦に対する報復は、直ちに返される。

「神通」が一四センチ単装主砲を矢継ぎ早に発射し、一二隻の駆逐艦も旗艦と共に、一二・七センチ連装砲を撃ちまくる。

敵駆逐艦の艦上に、次々と被弾の閃光が走り、爆炎が躍る。

一隻が巨大な火焔を奔騰させ、瞬く間に艦全体が黒煙に包まれる。

一四センチ砲弾か一二・七センチ砲弾が、魚雷発射管に命中し、誘爆を引き起こしたのかもしれない。

二水戦には、まだ落伍した艦はない。被弾した二隻の駆逐艦も、突撃を続けている。

誘爆を起こした敵駆逐艦が死角に消えたとき、敵戦艦の艦上に新たな発射炎が閃いた。

「黒潮」の左前方に敵弾が落下し、大量の飛沫が奔騰した。

「『荒潮』が……！」

航海長丸山次郎中尉が、悲鳴じみた叫びを上げた。

敵弾の落下と同時に、「黒潮」の前方に位置していた「荒潮」が一瞬で巨大な火焔に変わり、姿が消えたのだ。

この直前まで、僚艦と共に最大戦速で突撃していた「荒潮」の姿は、どこにもない。

至近距離から撃ち込まれた戦艦の巨弾は、二〇〇〇トンの基準排水量を持つ駆逐艦を、二二九名の乗員もろとも、一瞬で粉砕したのだ。

「荒潮」に続いて、前方に位置していた「満潮」がやられる。

敵弾炸裂の爆発光は、一瞬だけ見えたが、その直後には至近弾の飛沫が真横から襲いかかり、艦を呑み込んでいる。

あたかも、海面下に潜む巨大な怪物が、艦を一瞬で海中に引きずり込んだようだ。

「何という……！」

宇垣駆逐艦長が呻き声を漏らした。

二隻の米戦艦は、駆逐艦に守られるだけの弱い存在に成り下がっていたわけではなかった。

主砲の仰角を水平に近い角度まで倒すことで、二水戦の横合いから巨弾を叩き込んできたのだ。

手負いの野獣が、不用意に近づいた人間や猟犬に、渾身の力を振るって反撃したようだった。

「針路、速度ともこのまま！」

佐藤は、凜とした声で命じた。

こちらも敵戦艦との距離を詰めている。

先頭の「神通」は敵一番艦を追い抜きつつあり、「黒潮」は敵二番艦に追いつきそうだ。

雷撃の射点まで、今一息。

雷撃を成功させれば、「荒潮」「満潮」の犠牲も報われるはずだ。

「殺るか殺られるかだ」

　口中で、佐藤は呟いた。

「黒潮」が、敵二番艦に並んだ。

　敵二番艦の艦上に発射炎が閃き、轟音が「黒潮」に迫った。

　佐藤が両目を大きく見開いたとき、後方から弾着の水音が届き、後ろから突き飛ばされるような衝撃が「黒潮」を襲った。

「本艦と『親潮』の間に弾着！」

　見張員の報告が届く。

「黒潮」以下の各艦は、なおも最大戦速で突き進み、敵二番艦を追い抜く。

　前方に、新たな飛沫が上がる。先に被弾した「大潮」が、真っ赤な火焔と共に姿を消す。

（まるで、船の形をした暴風だ）

　敵戦艦に対し、佐藤はそのような畏怖（いふ）を抱いた。

　敵の主砲が火を噴く度、二水戦の駆逐艦は暴風に巻き込まれた木の葉（こは）のように吹き飛ばされ、姿を消してゆく。

　後には、何も残らない。高初速で撃ち込まれる重量一トンの巨弾は、駆逐艦を文字通り粉砕し、海中深く沈めてゆく。

　その「暴風」に、八駆の司令駆逐艦「朝潮」が巻き込まれる。

　被弾時に躍る火焔が、一瞬夜の海面を赤々と照らすが、すぐに大量の海水に呑み込まれて姿を消す。

「八駆が……！」

　宇垣が言いかけて、絶句した。

　八駆は、司令駆逐艦の「朝潮」以下、全艦が轟沈した。一個駆逐隊が姿を消したのだ。

　旗艦「神通」は、一五駆、一六駆から離れ、孤立した形になっている。

「『神通』に打電！」

　佐藤が通信室を呼び出したとき、敵の隊列に変化が生じた。

　二隻の敵戦艦が取舵を切り、二水戦に艦尾を向けたのだ。

「黒潮」は敵二番艦を追い抜き、一番艦に接近していたが、敵との距離が開いてゆく。

敵戦艦の前方では、マニラ湾の海面が闇の底に沈んでいる。

敵は、マニラ湾に避退しようとしているのだ。

八駆を全滅させたものの、二水戦全艦は防ぎ切れないと判断したのかもしれない。

「敵針路九〇度！」

「旗艦より入電。『二水戦針路一三五度。変針完了後、魚雷発射始メ』」

深井砲術長と通信長松波俊二中尉の報告が、続けて上げられた。

「一五駆、針路一三五度！」

「面舵。針路一三五度！」

佐藤の命令を受け、宇垣が丸山航海長に指示を送る。

「面舵。針路一三五度！」

丸山が復唱を返し、操舵室に指示を送る。

「黒潮」はしばし直進した後、艦首を右に振る。

旗艦「神通」の動きは、はっきりとは分からない。

命令を送って来た以上、面舵を切ったと思われるが、距離があるため、肉眼では視認できないのだ。

「黒潮」が舵を中央に戻し、直進に戻る。

左舷前方に、敵戦艦が見えている。

目標の右後方からの雷撃だ。

あまりいい射点ではないが、目標の真横に出ようとすれば、至近距離から巨弾を喰らうことになる。

「目標の速力は一〇ノット前後。魚雷の速度は四八ノットだ。右後方からの雷撃でも当たるはずだ」

二水戦司令官の田中頼三少将は、そのように考えたのかもしれない。

「後部見張りより艦橋。『夏潮』、直進に戻りました！」

艦橋に報告が上げられた。

「夏潮」は、一五駆の最後尾に位置する艦だ。一五駆は、全艦が針路を一三五度に取り、敵戦艦の右後方から魚雷を発射できる態勢を整えたのだ。

佐藤が「魚雷発射始め」を下令すべく、口を開きかけたとき、敵弾の飛翔音が轟いた。

「まさか——」

佐藤が呟いたとき、「黒潮」の左舷側海面で爆発が起こり、大量の飛沫が飛び散った。

敵戦艦の四〇センチ砲弾ではない。敵弾はより小さく、海面に激突すると同時に爆発している。

「司令、沿岸砲台からの射撃です！」

宇垣が状況を悟って報告した。

佐藤は、左舷前方を見た。

敵戦艦の向こう側に、複数の発射炎が見える。

バターン半島の南端あたりだ。

沿岸砲台が二水戦に砲火を浴びせ、戦艦二隻の避退を援護しているのだろう。

敵弾は、続けて落下する。

「黒潮」の前方で、左右で、爆発が起こり、甲板や一二・七センチ主砲に飛沫が降りかかる。

「一五駆、魚雷発射始め！」

もはや猶予はならぬ——その思いに駆られ、佐藤は大音声で下令した。

「魚雷発射完了！」

若干の間を置いて、水雷長高橋学大尉が報告する。

「『親潮』より報告。『我、魚雷発射完了』。『早潮』『夏潮』からも、魚雷発射完了の報告あり！」

「旗艦に報告。『一五駆、魚雷発射完了』」

松波通信長の報告を受け、佐藤は即座に下令した。

「黒潮」が報告電を送った直後、後続する一六駆より「魚雷発射完了」の報告電が入る。

損害を出しつつも、二水戦は雷撃にこぎ着けた。

駆逐艦八隻、六四本の九三式六一センチ魚雷を、敵戦艦の右後方から放ったのだ。

「旗艦より命令。『二水戦、右一斉回頭。湾外ニ避退セヨ』」

なおも敵弾が落下し、次々と炸裂する中、松波が報告した。

「面舵一杯。針路三一五度！」

「面舵一杯。針路三一五度！」

宇垣の命令を丸山が復唱し、操舵室に伝える。

敵弾が次々落下する中、「黒潮」はなおも直進を続けるが、ほどなく舵が利き始める。

海面で次々と爆発が起きる中、「黒潮」以下の一五駆各艦と、後続する一六駆の四隻は、マニラ湾の外に脱出すべく、右に大きく回頭する。

雷撃の成否は、まだ不明だった。

5

「三、四、五戦隊、右一斉回頭。回頭後の針路三〇〇度。右砲雷戦！」

近藤信竹第二艦隊司令長官の命令に、伊集院松治「愛宕」艦長は迅速に反応した。

「面舵一杯。針路三〇〇度！」

「右砲雷戦！」

艦長命令と並行し、「愛宕」の通信室から各艦に命令電が飛ぶ。

舵が利き始める前に、敵戦艦の第三射弾が轟音と共に飛来する。

今度は「愛宕」と二番艦「高雄」の間に落下したらしく、爆圧は艦尾から伝わって来る。

舵が利き始め、「愛宕」は艦首を右に振った。

左前方に見えていた敵戦艦二隻と、左後方に見えていた敵戦艦一隻が、死角に入って見えなくなる。

代わりに、右後方に位置していた第三戦隊の「金剛」「榛名」が視界に入り始める。

艦が直進に戻ったとき、第四、第五戦隊の並びは逆になっていた。

隊列の最後尾にいた妙高型重巡の「足柄」が先頭に立ち、その後ろに第五戦隊旗艦「羽黒」、第四戦隊の「鳥海」「摩耶」「高雄」「愛宕」の順だ。

左舷前方には、「金剛」「榛名」の姿が見える。

回頭の直前まで、左後方に位置していた敵戦艦は、右前方に位置していた。

敵戦艦の第四射弾が、轟音と共に飛来する。

弾着位置は、「愛宕」の右後方だ。水中爆発の衝撃は伝わって来るが、これまでのものより小さい。

右舷前方に、新たな敵の発射炎が閃いた。通算、五回目の砲撃だ。

「敵艦、本艦の右六〇度、一〇〇(ヒトマルマル)(一万メートル)!」

射撃指揮所と連絡を取っていた、砲術参謀藤田正路(ふじたまさみち)中佐が報告した。

「四、五戦隊、魚雷発射始め!」

近藤は断を下し、大音声で下令した。

夜間での距離一万メートルは、雷撃の距離としては遠いが、重巡六隻が搭載している九三式六一センチ魚雷は、雷速四八ノットで二万八〇〇〇メートルの最大射程を持っている。

敵戦艦を搦め捕ることは可能なはずだ。

「目標、右六〇度の敵戦艦。魚雷発射始め!」

「目標、右六〇度の敵戦艦。魚雷発射始めます!」

伊集院の下令に、水雷長児玉直人(こだまなおと)少佐が復唱を返した。

魚雷発射を確認する前に、左前方に発射炎が閃いた。

第三戦隊の「金剛」「榛名」が、新たに出現した敵戦艦を目標に、砲撃を再開したのだ。

敵戦艦の射弾は「愛宕」目がけて飛来する。

全弾が頭上を飛び越え、左舷側海面に巨大な水柱がそそり立つ。

左舷艦底部を爆圧が突き上げ、艦が右に、左にとローリングする。

(今、魚雷を発射したのでは、照準が狂うな)

動揺する「愛宕」の艦橋で、そんな想念が近藤の脳裏をかすめた。

艦の動揺が収まったところで、

「五戦隊司令部より入電。『〈羽黒〉〈足柄〉魚雷発射完了』」

「『鳥海』『摩耶』『高雄』より入電。『我、魚雷発射完了』」

「水雷より艦長。本艦、魚雷発射完了！」

次々と、艦橋に報告が上げられた。
四、五戦隊の重巡六隻のうち、四隻は片舷に四連装魚雷発射管二基を、二隻は三連装魚雷発射管二基を、それぞれ装備している。
六艦合計で四四本の九三式六一センチ魚雷が放たれ、四八ノットの雷速で、海面下を突き進み始めたのだ。

「命中まで、約七分！」

「四、五戦隊、魚雷の次発装塡急げ！」

水雷参謀重川俊明中佐の報告を受け、近藤は下令した。

一度の雷撃で、敵戦艦を撃沈できるとは思っていない。雷撃距離一万では、命中雷数は一本か、多くて二本だ。

二度目の雷撃を実施し、確実に沈める必要がある。

「艦長より水雷。次発装塡急げ！」

伊集院が児玉水雷長に命じたとき、敵戦艦が通算六度目の射弾を放ち、左前方にも「金剛」「榛名」の発射炎が閃いた。

「四、五戦隊、砲撃始め！」

近藤は、新たな命令を発した。

距離一万なら、重巡の二〇センチ砲でもある程度の損害を与えられる。

「艦長より砲術。目標、右六〇度の敵戦艦。砲撃始め！」

「目標、右六〇度の敵戦艦。砲撃始めます！」

伊集院が射撃指揮所に下令し、砲術長佐藤哲中佐が復唱を返す。

「愛宕」よりも先に、前方の五隻が砲撃を開始する。

第五戦隊旗艦「羽黒」が真っ先に撃ち、先の一斉回頭によって隊列の先頭に立った「足柄」が続く。

「鳥海」「摩耶」「高雄」が順次撃ち始め、「愛宕」も砲門を開く。

各砲塔の一番砲が砲口に発射炎を閃かせ、轟然たる砲声が艦橋を満たす。

重巡六隻の発砲を確認したところで、敵弾の飛翔音が聞こえ始める。

(目標は本艦か?)

拡大する轟音を聞きながら、近藤は敵艦に呼びかけた。
三、四、五戦隊が一斉回頭をかけた後、砲戦は八対一になっている。
この状況下であれば、米側にとって最も脅威の大きな艦、すなわち「金剛」か「榛名」を狙うのではないか。

敵弾の飛翔音が、更に拡大した。

(目標は本艦だ!)

近藤が直感したとき、「愛宕」の艦尾から、蹴り上げられるような衝撃が伝わった。

艦首付近に至近弾を受けたときとは逆に、今度は艦尾が跳ね上げられ、艦は前のめりに大きく傾いた。

艦橋の床が急坂と化し、前方の海面が目の前に迫ったように感じられた。

跳ね上げられた艦尾が沈み込み、艦は後方へと仰け反る。

至近弾だけでも沈没しかねないほどの衝撃だ。

「艦長、舵故障です!」

操舵室からの報告を受けた航海長池田久道中佐が、顔色を青ざめさせて報告した。

艦尾への至近弾は、艦の最重要部位の一つを損傷させたのだ。「愛宕」は、行動の自由を失ったことになる。

「被害は舵本体か? 舵機室か?」

「舵機室です」

「人力操舵に切り替え!」

池田の返答を受け、伊集院は即座に下令した。

艦尾艦底部には、舵機室が故障した場合に備え、人力操舵室が設けられている。

一〇人ほどの兵員が操舵機に取り付き、人力で舵を動かすのだ。

「人力操舵に切り替え。急げ！」

池田が操舵室に下令したとき、「愛宕」が艦首を右に振った。

隊列から落伍し、一つところを回り始める。

「五戦隊司令官に命令。『我ニ代ワリ第二艦隊ノ指揮ヲ執レ』！」

近藤は、大音声で下令した。

舵が故障した「愛宕」には、旗艦の任務を果たせない。次席指揮官の第五戦隊司令官高木武雄(たかぎたけお)少将に、第二艦隊の指揮を引き継ぐのだ。

「先の砲撃の成果はどうか？」

近藤は気を取り直し、白石に聞いた。

「愛宕」の舵が故障しても、戦闘は続いている。

戦艦二隻、重巡六隻の集中射撃が、敵戦艦に打撃を与えたことを期待した。

「敵戦艦に損害なし」

白石が答えたとき、敵戦艦の艦上に新たな発射炎が閃いた。

日本側も撃つ。

「金剛」「榛名」が三五・六センチ主砲を放ち、前を行く五隻の重巡も第二射を放つ。

発射炎が艦影を浮かび上がらせ、三五・六センチ砲、二〇・三センチ砲の砲声が、殷々(いんいん)と轟く。

「目標は、どの艦だ？」

近藤は、敵に呼びかけるように呟いた。

「愛宕」に止めを刺すのか。他の重巡を狙うのか。それとも「金剛」か「榛名」が目標か。

敵弾の飛翔音が轟く。

最悪の事態が、近藤の脳裏に浮かぶ。

「愛宕」は舵機室が故障し、人力操舵も準備中だ。敵弾から逃れる術はない。

開戦後、五日目で戦死するのか——そんな絶望感がこみ上げた。

だが、敵弾は「愛宕」には飛来しなかった。

前を行く「高雄」の姿が、多数の水柱によって見えなくなり、近藤は思わず息を呑んだ。

水柱が崩れると同時に、真っ赤な火柱が取って代わった。遠雷のような炸裂音が轟き、火柱が崩れ、周囲の海面に炎が広がった。

弾着時の水柱に代わって、大量の水蒸気が発生し、炎を包み込む。

炎が完全に見えなくなったとき、「高雄」もまた海面から消えている。

あたかも、神隠しに遭ったようだった。

「た、『高雄』轟沈！」

艦橋見張員が、震え声で報告する。

第二艦隊の司令部幕僚も、伊集院艦長以下の「愛宕」乗員も、一言も発しない。

「高雄」の轟沈は、それほどまでに凄まじい光景だったのだ。

右舷側の海面に、新たな発射炎が閃いた。

敵戦艦が新たな標的に向けて、長砲身四〇センチ砲を放ったのだ。

「高雄」が被弾したときの炸裂音は、第五戦隊旗艦「羽黒」の艦上にも届いていた。

炸裂音が収まったところで、

「『高雄』轟沈！」

の報告が、第二艦隊の指揮権を引き継いだ第五戦隊司令官高木武雄少将の下に届けられた。

このときには、日本側の射弾も敵戦艦の周囲に落下している。

直撃弾の炸裂に伴う閃光はない。火災炎も観測されない。

「金剛」「榛名」の三五・六センチ砲弾も、重巡五隻の二〇・三センチ砲弾も、闇の中に吸い込まれたように消えている。

先の砲撃は、海面を叩いただけに終わったのだ。

「三、四、五戦隊、針路二七〇度！」

高木は、慌ただしく下令した。

「敵から遠ざかるのですか、司令官⁉」

「羽黒」艦長森友一大佐が、咎めるような口調で聞いた。

高木の命令は、退却に等しい。ここで逃げ出せば、舵が故障した「愛宕」と近藤長官以下の第二艦隊司令部幕僚は見殺しとなる。

「一旦距離を置き、様子を見る」

高木が言ったとき、新たな敵弾が轟音と共に飛来した。

後方から炸裂音が届き、

「後部見張りより艦橋。『摩耶』の右舷付近に弾着！」

との報告が上げられる。

「二七〇度に変針だ。急げ！」

高木は、声を震わせて下令した。

猶予はない。敵戦艦は、新たな目標を攻撃しているのだ。このままでは、四、五戦隊の重巡が、虫のように叩き潰される。

「各隊に通信。『針路二七〇度』！」

「取舵一杯。針路二七〇度！」

首席参謀長沢浩中佐が通信室に命令を伝え、森友一艦長が航海長遠藤芳明中佐に下令する。

「取舵一杯。針路二七〇度。宜候！」

遠藤が復唱を返し、操舵室に命じる。

舵が利き始めるまでの間に、敵戦艦が今一度射弾を放つ。

三戦隊の「金剛」「榛名」、四、五戦隊の重巡四隻も反撃するが、直撃弾の報告はない。

空振りに終わっているのか、命中はしているものの、主要防御区画の分厚い装甲鈑に撥ね返されているのかは分からなかった。

先頭に立つ「足柄」が艦首を左に振り、「羽黒」が続いた。

「後部見張りより艦橋。『鳥海』『摩耶』取舵。本艦に後続します！」

「三戦隊、取舵。変針します！」

「『摩耶』の後方に弾着！」

三つの報告が、僚艦の動きと敵弾の弾着位置を報せて来る。

「距離を置いたのは正解です、司令官」

長沢首席参謀が、時計を見て言った。

「魚雷を発射してから、五分が経過しました。あと二分ほどで、魚雷が目標に到達します」

6

「敵駆逐艦、一斉回頭！　湾外に離脱する模様！」

見張員の報告を受けた戦艦「マサチューセッツ」艦長ジェームズ・ドレイク大佐は、安堵に胸を撫で下ろした。

僚艦「アイオワ」と共に、追いすがって来た敵水雷戦隊を砲撃し、四隻までを轟沈させたものの、旗艦とおぼしき軽巡と駆逐艦八隻は無傷であり、今にも魚雷発射に踏み切りそうに見えた。

そこで大きく取舵を切り、マニラ湾内に逃げ込んだが、敵は執拗であり、湾内にまで追って来た。

幸い、バターン半島の沿岸砲台が敵艦に砲撃を浴びせたため、敵の水雷戦隊は離脱したのだ。

「被害状況報せ」

ドレイクは、ダメージ・コントロール・チームの指揮官マーチン・ボラード少佐に命じた。

戦闘開始以来、「マサチューセッツ」は「アイオワ」と共に、コンゴウ・タイプの三五・六センチ砲弾を何発も被弾している。

主要防御区画の分厚い装甲鈑は貫通を免れたが、上部構造物にはかなりの損害が生じた模様だ。被雷箇所から、浸水が拡大した可能性もある。

マニラ湾の中に入ったとはいっても、キャビテ軍港まではまだ三〇浬ほどの距離があるのだ。

入港まで、艦を保たせなければならない。

「前部、後部の上甲板、右舷側の両用砲と機銃、及び兵員居住区に損害が出ております。艦上の三箇所で火災が発生しましたが、いずれも鎮火の見込みです。主砲塔、主砲弾火薬庫、機関部には、被害はありません」

ボラードの答を受け、ドレイクは額の汗を拭った。

複数箇所に被害を受けはしたものの、致命傷は免れたのだ。

「浸水の拡大は？」

「ありません。被雷箇所周辺の隔壁も、持ち堪えています」

「オーケイ！」

ドレイクは満足感を覚えた。

ボラード少佐以下のダメージ・コントロール・チームは、いい仕事をしてくれた。昼間の航空戦における被雷、そして夜間の砲撃戦における被弾と、複数の被害を受けながら、迅速かつ適切に対処してくれたのだ。

「マサチューセッツ」にとっては、守護神と言っていい存在だ。

「入港までは、まだ三時間ほどかかる。最後まで、気を抜かないでくれ」

ボラードに命じて、ドレイクは受話器を置いた。

「戦艦にとっては、屈辱的な戦いでしたな。駆逐艦に追い回されるとは」

「灰色熊だって、傷ついていれば、狼の群れに敗れることがあるさ」

航海長マーチン・グレイ中佐の言葉に、ドレイクは応えた。

「ここは、ロッキーやイエローストーンの森林ではありません。何よりも、本艦と『アイオワ』は、まだ生きております」

「同感だ。生き延びさえすれば、名誉回復の機会は必ず来る。いずれ必ず、今日のお返しをしてやろう」

ドレイクは、大きく頷いた。

本艦も「アイオワ」も健在だ。いや、本艦と「アイオワ」だけではない。合衆国の戦艦は、損傷はしても、撃沈されたものは一隻もない。

今日の戦いで被弾、損傷した艦は、修理すれば戦列に復帰できるのだ。

少し時間はかかるかもしれないが、六隻のサウス・ダコタ級が合計七二門の長砲身四〇センチ砲を揃えて、忌々しいジャップの艦隊を叩き潰すときが必ず来る。

その未来像を、ドレイクは思い描いていたが――。

「魚雷航走音、右後方より接近！」

水測室から、唐突に報告が飛び込んだ。

ドレイクは、思わず飛び上がった。

敵の水雷戦隊は、退却する直前に魚雷を発射していたのか。

「お、面舵一杯！」

グレイが咄嗟に、操舵室に命じたが、被雷している「マサチューセッツ」は動きが鈍い。

そうでなくとも、基準排水量四万三二〇〇トンの巨艦だ。舵を切ってから実際に利き始めるまでには、時間がかかる。

「艦長より達する。右舷艦底部の乗員は至急退避せよ。魚雷が来る！」

ドレイクが艦内放送用のマイクを掴み、怒鳴るように命じたとき、

「魚雷航走音、近い！」

水測室から、悲鳴のような声で報告が飛び込んだ。

数秒後、時間差を置いて、三本の魚雷が「マサチューセッツ」の右舷側に命中した。

艦尾付近に一本目。煙突と後部指揮所の中間付近に二本目。右舷艦首、錨鎖庫の直下に三本目。

命中の度、「マサチューセッツ」の巨体は激しく突き上げられ、打ち震えた。軍艦の中では、最も堅牢に作られているはずの鋼鉄製の艦体は、衝撃に堪えかねているかのように、きしむような音を発した。

被雷箇所から最も近くにいる機関科の兵員は、衝撃に撥ね飛ばされ、内壁や運転中の缶に叩き付けられる。射撃指揮所に詰めている砲術長スコット・アンドレア中佐ら射撃管制員も、主砲塔内の砲員や両

用砲員、機銃員も、激しく振り回される。

ドレイク以下、艦橋内の幹部乗組員も、命中の度に大きくよろめく。

衝撃の大きさは、昼間の戦闘で航空魚雷が命中したときの比ではない。一撃で、艦がばらばらになるのではないか、と思わされるほどだ。

「艦長より機関長。両舷停止！」

被雷の狂騒の中、ドレイクは機関長ロナルド・チェンバーズ中佐に下令した。

被雷の衝撃が収まると共に、「マサチューセッツ」もゆっくりとその場に停止した。

艦は、右舷側に傾斜している。僅かずつではあるが、傾斜角が深まっているように感じられる。

「ボラード、被害状況報せ！」

「被雷箇所は三箇所。右舷艦首水線下、三番機械室付近、右舷艦尾水線下です」

ドレイクの命令を受け、ボラードが喘ぐような声で報告した。

「艦首からの浸水は拡大中。倉庫、バラスト・タンクは既に満水状態となり、第一砲塔の弾火薬庫付近まで海水が来ております。右舷中央では、三、四番主機室に浸水し、タービンが停止状態です。右舷艦尾では、一、二番推進軸がまとめて破壊された他、破孔から浸水が拡大しています」

「作業を中止し、被雷箇所から部下を避退させろ」

ドレイクは、即座に命じた。

「マサチューセッツ」は救えないと判断したのだ。

艦首からの浸水被害が、特に大きい。元々右舷水線下は、昼間の航空雷撃で被雷し、浸水が生じていた箇所だ。

敵駆逐艦が放った魚雷は、昼間に穿たれた破孔の近くに命中し、被害を拡大させたに違いない。

ドレイクは艦内放送を通じて、全乗員に命じた。

「艦長より達する。総員退去。繰り返す。総員退去。退艦に当たっては、極力左舷側より海中に飛び込むよう留意せよ。ただし、左舷中央には航空雷撃による破孔があるため、厳重に注意せよ。以上！」

同じ頃、合衆国戦艦「インディアナ」の艦橋には、

「日本艦隊、退却する模様」

との報告が届けられていた。

「砲術長、確かか？」

「確かです。敵の針路は二七〇度。本艦から遠ざかる方向です」

艦長ロバート・フォレイジャー大佐の問いに、砲術長レナード・ジャクソン中佐は返答した。

「作戦勝ちだな」

フォレイジャーは、航海長アレックス・パーキンソン中佐と頷き合った。

合衆国が誇るサウス・ダコタ級戦艦といえども、一隻だけで戦艦二隻、重巡六隻を相手取るのは分が悪い。集中砲火を受ければ、被害が累積し、最悪の事態を招く恐れもある。

そこでフォレイジャーは、陸地の影を利用した。

夜間に、バターン半島の南西岸近くに布陣すれば、艦影は陸地の影に隠れて視認が困難になる。

果たして日本艦隊は、「インディアナ」に対して空振りを繰り返した。

敵の観測機が「インディアナ」の頭上に吊光弾を投下したが、島を背にした艦には照準を付け難いのか、直撃弾は少数に留まった。

結果、砲戦はほとんど一方的なものとなり、「インディアナ」は敵重巡一隻撃沈、同一隻撃破の戦果を上げたのだ。

「キャビテに帰還しますか？」

「もう少し現海面に留まろう。敵艦隊が引き返して来る可能性もある」

パーキンソンの問いに、フォレイジャーは答えた。

勝利を得たからといって、油断はできない。

先に避退した「アイオワ」「マサチューセッツ」がキャビテ軍港に入港するまでは、この場での待機

を続けるつもりだった。

「砲術より艦長。敵重巡一隻が、隊列から落伍しています。止めを刺しますか？」

ジャクソン砲術長からの報告を受け、フォレイジャーは聞き返した。

「距離は？」

「一万三〇〇〇ヤード（約一万二〇〇〇メートル）です。夜間の砲撃距離としては少し遠いですが、速力は低下していますので、撃沈可能と考えます」

「いいだろう。止めを刺せ」

フォレイジャーは返答した。

見逃せば、敵艦は戦列に復帰し、味方にどんな被害を与えるか分からない。撃沈できる艦は、全て撃沈するのだ。

最初に、星弾が放たれた。

目標の上空で星弾が点灯され、敵の艦影をうっすらと浮かび上がらせた。

「インディアナ」の四〇センチ主砲が旋回し、目標に狙いを付ける。

目標は傷つき、速力が低下した重巡だ。一撃で粉砕できるとフォレイジャーは確信していたが――。

「左舷正横、魚雷航走音！」

突然、水測室から泡を食ったような声で報告が飛び込んだ。

フォレイジャーは、両目を大きく見開いた。

「両舷前進全速。取舵一杯！」

大音声で下令した。

日本艦隊は、ただ退却したわけではなかった。避退する前に、魚雷を放っていったのだ。

機関音が高まり、「インディアナ」が加速される。

「取舵一杯！」

パーキンソンが、操舵室にあらん限りの大声で命じる。

フォレイジャーは、左舷側の海面を見た。

雷跡は見えなかったが、一瞬、青白い影のようなものが水面下に見えたような気がした。

「幽霊（ゴースト）……？」

あり得ざるものの名を口にしたとき、衝撃が「インディアナ」の艦底部を突き上げた。

「信じられん（アンビリーバブル）……」

魚雷命中の衝撃が、繰り返し「インディアナ」の艦体を震わせ、炸裂音や艦体のきしみ音が響く中、フォレイジャーは茫然として呟いた。

日本軍の重巡が、雷装を持つことは知っている。先の砲戦時、彼らが「インディアナ」への雷撃を狙っていたであろうことも。

だが、「インディアナ」と敵重巡の距離は、一万ヤードは離れていたはずだ。

それほど長大な射程距離を持つ魚雷を、日本軍は配備していたのか。

射程距離だけではない。

「雷跡」の報告はなかったし、フォレイジャー自身も雷跡を目撃していない。

列国海軍の水雷屋が望んで止まない無航跡魚雷を、日本海軍が世界に先駆けて開発したというのか。

いや、しかし――。

フォレイジャーの思考は、視界が真っ赤に染まると同時に中断された。

魚雷の命中に伴い、第二砲塔の弾火薬庫が誘爆を起こし、「インディアナ」が轟沈した瞬間だった。

7

米戦艦「インディアナ」の轟沈に伴う、遠雷のような炸裂音は、第二艦隊各艦の艦上に届いた。

音が届く前に、各艦の後部指揮所から艦橋に、

「敵戦艦轟沈！」

の報告が届けられている。

艦橋からは死角になるが、各艦の後部からは、そそり立つ真っ赤な炎の柱や背後の陸地がはっきり見えたのだ。

「これで、戦果は戦艦二隻撃沈、一隻撃破というこ

とになるか」

戦艦「金剛」の小柳富次艦長は、確認するような口調で呟いた。

この少し前、

「我、敵戦艦一ヲ雷撃ス。魚雷三本ノ命中ヲ確認ス。〇〇三七（現地時間一〇月二五日二三時三七分）」

との電文が、各艦の通信室で受信されている。

二水戦旗艦「神通」の報告電だ。

昼間の戦闘で被雷した敵戦艦に、九三式六一センチ魚雷三本が追い打ちの形で命中したのだ。

戦艦といえども、ひとたまりもない。

二水戦は、見事に戦果を上げたのだ。

「砲戦で負け、水雷戦で勝ったというところだな」

小柳は、戦いの決着について言った。

「『金剛』の艦長としては残念至極だが、敵戦艦との撃ち合いでは完全に負けていた。本艦も、『榛名』も、何発かの直撃弾は得たが、撃沈にまでは至らなかった。敵戦艦が昼間の航空戦で損傷し、砲撃が不正確になっていたにも関わらず、だ。金剛型とサウス・ダコタ級では、それほどの実力差があるのだと考えざるを得まい」

「最終的に勝ったのは、我が軍です。そのことは誇っていいと考えますが」

田ヶ原義太郎航海長が言った。

戦果は敵戦艦二隻撃沈、一隻撃破だ。他に、戦艦の護衛に付いていた駆逐艦を何隻も沈めている。

一方、日本側の損害は重巡「高雄」の沈没と「愛宕」の損傷だ。

二水戦の被害状況は、まだ報告されていないが、大型艦だけの損害を見れば、日本側の勝利と言える。

「魚雷の力で、だ。酸素魚雷の威力がなければ、我が方は完全に負けていた。悔しいが、こと砲撃戦については、米軍に一日どころか一〇日ぐらいの長があるのが現実だ」

小柳は、小さくかぶりを振った。

「通信より艦橋。二水戦より通信。『我、旗艦ト合流ス。舵機室損傷トノ報告有リ。〇〇四九（マルマルヨンキュウ）』」

小柳と田ヶ原の間に割り込むように、報告が上げられた。

続いて、第二艦隊の指揮を代行している第五戦隊司令部から通信が届いた。

「三、四、五戦隊ハ旗艦ト合流ス。我ニ続ケ」

と伝えていた。

「榛名」より、「三戦隊、右一斉回頭」の指示が届いた。

「航海、面舵一杯」

「面舵一杯。宜候」

小柳の命令を、田ヶ原が復唱した。

「金剛」は、艦首を右に振った。

見覚えのある艦影が、視界に入って来た。

どっしりした、小山のような艦橋だ。見間違えようがない。

小柳は、信号長に命じた。

「旗艦と『神通』に信号。『我、〈金剛〉』」

第六章　航空主兵の翳（かげ）り

1

「米アジア艦隊の戦艦九隻のうち、撃沈は二隻のみ。それも、航空攻撃だけでは沈められず、二艦隊の夜戦で止めを刺した、か」

　連合艦隊旗艦「赤城」の長官公室に参集した幕僚たちの前で、山本五十六司令長官は不満げな声を漏らした。

　一〇月二五日、日本帝国海軍第二、第三艦隊、及び第一一航空艦隊と米アジア艦隊が米国領フィリピンの沖で激突した海戦には、大本営によって「ルソン沖海戦」の公称が定められ、大戦果が発表されている。

　戦果は、空母、戦艦各二隻、駆逐艦五隻撃沈、戦艦四隻、駆逐艦三隻撃破。

　日本側の損害は、重巡「高雄」、駆逐艦「朝潮」「大潮」「満潮」「荒潮」の沈没と重巡「愛宕」、軽巡「神通」の損傷だ。

　犠牲は小さなものではないが、彼我の損害を比較すれば、日本側の勝利は疑いない。

　にも関わらず、山本が浮かぬ顔をしているのは、海軍の主流となりつつある「航空主兵思想」が、完全な形では実証できなかったためだ。

　二五日の昼戦では、第三艦隊の艦上機と一一航艦の陸攻、戦攻が米アジア艦隊に航空攻撃を加えたが、敵の戦艦には手傷を負わせただけで、撃沈には至っていない。

「海軍の新たな主力は、空母と航空機。戦艦は、航空攻撃のみで撃沈できる」

　という主張に、水を差された格好だ。

「敵戦艦への攻撃が中途半端な形になった一因は、今回の作戦目的にあったと考えます」

　航空参謀の榊久平中佐が発言した。

　三艦隊も、一一航艦も、できる限り多くの敵戦艦を叩こうと考え、攻撃目標を分散した。

　結果、敵戦艦九隻のうち六隻を撃破したが、致命傷を与えるには至らなかったのだ。

「三艦隊の第一次攻撃では、二隻の敵空母に攻撃を集中し、撃沈しました。敵戦艦に対しても、二、三隻に目標を絞り、集中攻撃をかけていれば、撃沈に追い込めた可能性が高いと考えます」

　榊が発言を締めくくり、着席すると、戦務参謀の渡辺安次中佐が異議を唱えた。

「航空参謀の主張は仮説の域を出ません。現実に、航空機のみによる戦艦撃沈の実績がない以上、航空主兵思想の正しさが立証されたとは言えません」

　大西滝治郎参謀長が脇から意見を述べた。

「航空機のみによる戦艦撃沈の実証は、次回以降の課題としてもよいのではないか？」

「次回は戦艦を沈められるとの保証はありません」

「現実問題として、帝国海軍は既に航空主兵に舵を切っている。今更、戻すことはできない。我々は、空母と航空機を主軸として戦わざるを得ぬ」

「戦術思想に関する議論は、そこまでにしたまえ。今は、目の前の問題を片付けよう」

　穏やかだが抗い難い口調で、山本が言った。

　大西と渡辺が一礼して引き下がり、作戦参謀の三和義勇中佐が起立した。

「我が方の作戦目的は達成されたと考えます」

　三和は、机上に広げられているフィリピンの地図に指示棒を伸ばし、マニラ周辺の敵飛行場を指した。

「一〇月二四日の攻撃で、我が軍はルソン島の敵飛行場をほぼ壊滅させ、翌二五日には、米アジア艦隊に所属していた二隻の空母を撃沈しました。また、米アジア艦隊の戦艦は三分の一に激減しています。以上のことから、ルソン周辺の制空権、制海権は我が方が握ったと認められます」

「長官、ルソン攻略の準備は整ったと判断します」

　大西の言葉を受け、山本は大きく頷いた。

「いいだろう。ルソン上陸の条件が整った旨、大本営を通じて陸軍に連絡しよう」

長官公室の空気が、幾分か和らいだように感じられた。

開戦以来、日本軍は後手に回り続けた感があったが、ようやく米軍に一矢を報い、反撃に転じたのだ。

「より重要な問題は、米軍、特にトラックに前進した米太平洋艦隊の出方だ」

山本は、改まった口調で言った。

大西滝治郎参謀長と三和義勇作戦参謀が発言した。

「ルソン沖海戦の結果、米軍にとり、フィリピン救援の優先順位は高くなったと推測します。米アジア艦隊が弱体化した現在、米軍としては一日も早くフィリピンまでの連絡線を完成させ、アジア艦隊と太平洋艦隊を合流させたいところでしょう」

「米アジア艦隊に配備されたサウス・ダコタ級戦艦六隻は、事実上世界最強の戦艦として、長く君臨して来ました。そのサウス・ダコタ級全艦を配備したにも関わらず、フィリピンが陥落すれば、米海軍は存在意義を疑われることになりかねません。彼らにしてみれば、そのような事態は避けたいはずです」

「私も、諸官に賛成だ」

山本は大きく頷いた。

「政治上の理由からも、米軍はフィリピン救援を優先すると、私は考えている。フィリピンは米国の一部であり、その失陥は領土の喪失を意味する。米国としては、国威に懸けてもフィリピンの喪失は避けたいだろう」

「米軍の目標がはっきりしていれば、GFの作戦方針は自ずと定まります。第一に米太平洋艦隊の足止め。第二にパラオの防衛です」

大西が起立し、指示棒でトラック、パラオ、フィリピンを順繰りに指した。

榊久平航空参謀が、続けて発言した。

「米太平洋艦隊に対しては、補給線を狙ってはいかがでしょうか？　敵の補給線を叩き、トラックの基地化を阻止すれば、米太平洋艦隊の西進を遅らせることが可能です」

「主力艦ではなく、輸送船を叩けと言うのかね？」

「おっしゃる通りです」

黒島亀人首席参謀の問いに榊は頷き、マリアナ諸島に指示棒を伸ばした。

「一式陸攻であれば、サイパン、テニアンの航空基地から、トラックへの入港を目指す敵輸送船を攻撃できます。潜水艦による敵輸送船への攻撃も有効です。輸送船は軍艦に比べ、防御力が劣りますから、魚雷一本乃至二本の命中で撃沈できます」

「その意見には賛成できぬ。敵の主力艦を叩くために練成して来た基地航空隊や潜水艦に、輸送船を叩かせるなど、鶏を裂くのに牛刀を以てする類いだ」

話にならぬ——そんな口調で、黒島は吐き捨てた。

「勝利の要諦は、『勝ち易きに勝つ』です。輸送船は米太平洋艦隊主力の命綱ですが、同時に容易に撃沈できる目標でもあります。太平洋艦隊の足止めを図るには、これが最善と考えます」

榊の主張に、大西が脇から口を添えた。

「航空参謀の主張には一理ある。一式陸攻は足の長い機体だ。マリアナからトラックの周辺海域に飛び、船団を叩く任務には最適だ。陸攻の性能を、十全に活かすべきだ」

「参謀長はそうおっしゃいますが、主力よりも輸送船を優先しろというのは……」

「当面の目標は、米太平洋艦隊の撃滅ではなく足止めだ。敵主力との決戦は、フィリピンの制圧後に考えればよい」

「いいだろう」

山本が右手を上げ、議論を制した。

「米太平洋艦隊に対しては、航空参謀の案で臨むとしよう。投入兵力については、別途決定したい」

「マリアナに加えて、パラオにも守備兵力、特に航空兵力の増強が必要です。米太平洋艦隊の足止めが成功するとの保証はありませんし、米アジア艦隊がフィリピンから脱出し、米太平洋艦隊との合流を図る可能性も考えられます。それを阻止するためには、フィリピンとトラックの間に打ち込まれた楔の役割を、パラオに担わせるべきです」

大西が議題を転じた。

現在パラオに展開している航空兵力は、第二四航空戦隊隷下の零戦三六機、九六陸攻三六機だ。

他に、トラック環礁から脱出した艦艇群が、パラオに入泊している。

これらの指揮は、パラオに移動した第四艦隊司令部が執っている。

パラオの重要性を考えれば、早急に増援部隊、特に基地航空隊を送る必要があります――と、大西は主張した。

「一一航艦隷下の航空戦隊のうち、内地で待機している部隊をパラオに派遣しよう。派遣部隊については、一一航艦と協議の上、決定する」

山本は即答した。パラオの防衛については、既に考えを固めていたようだった。

「パラオの防衛を、四艦隊に委ねて大丈夫でしょうか？」

黒島が疑問を提起した。

「四艦隊は米軍の接近を察知できず、マーシャル、トラックへの奇襲を許すという失態を犯しました。また、上官誹謗となることを承知の上で申し上げますが、井上長官は軍政畑を歩んで来られた方であり、実戦部隊の指揮については未知数です」

「開戦劈頭の奇襲を受けたことは、四艦隊だけの責任ではない。元々マーシャル、トラックには、充分な兵力は配備されていなかったのだ。奇襲ではなく、強襲だったとしても、結果は同じだったろう」

山本が、諭すような口調で言った。

「井上はトラックが奇襲を受けたとき、在泊艦船にいち早く出港を命じ、艦船の被害を最小限に抑えた。受けに回ったときには強い男だと、私は睨んでいる。何よりもトラック奇襲の際、米軍の実力を肌で経験している。今のパラオを委ねるには、最も相応しい指揮官だと私は考える」

「長官のお考えに、異論はありません」

黒島はそう言って、一礼した。

井上長官の実戦指揮能力については、この場で追及すべきことではない、と考えたのかもしれない。

「最後にフィリピンの攻略支援ですが――」

大西が再度議題を変えたとき、長官公室の電話が鳴った。

山本の副官を務める福崎昇中佐が電話を受け、山本に伝えた。

「台湾の一一航艦司令部より報告が届きました。本日早朝、ルソン島上空に飛んだ索敵機が、『〈キャビテ〉ニ敵影ナシ』と報せて来たそうです」

2

アメリカ合衆国アジア艦隊司令長官ウィルソン・ブラウン大将は、キャビテ軍港からの報告電を、新たな旗艦に定めた戦艦「ミシシッピー」の艦橋で受け取った。

「危ないところだったな」

ブラウンはハーラン・F・エリクソン参謀長、ハーバート・M・スタントン作戦参謀らと顔を見合わせた。

「一〇月三〇日一一時一八分、敵偵察機、キャビテに飛来せり。機数一、高度一万五〇〇〇フィート」

キャビテからの報告は、そのように伝えている。

アジア艦隊がキャビテに留まっていれば、タイワンから出撃したベティやネルの群れが、各艦の頭上から爆弾の雨を降らせていたかもしれない。

だが今、アジア艦隊の主だった艦艇は、新たな泊地に向かっている。

フィリピン最南部のミンダナオ島。

その南西部にあるモロ湾が、アジア艦隊の仮住居だった。

「モロ湾には、艦船用の修理施設も、燃料、弾薬の備蓄もありません。給油艦や工作艦を伴って来てはいますが、長くは抗戦できないと考えます」

キャビテの放棄とモロ湾への後退を幕僚たちに伝えたとき、補給参謀リチャード・H・ホプキンス中佐が反対意見を唱えたが、ブラウンはこのように応えただけだった。

「キャビテが使えない以上、止むを得ぬ」

当初の作戦計画では、マニラ周辺に展開した極東航空軍が、タイワンの日本軍飛行場を叩き潰すはずだった。

その上で、アジア艦隊がルソン島を堅守すれば、日本軍はフィリピンに手を出せなくなると睨んでいたのだ。

ところが極東航空軍は、日本軍の空母艦上機と中型爆撃機の波状攻撃によって大打撃を受け、ルソン島の制空権は日本軍に握られた。

アジア艦隊も、一〇月二五日のリンガエン湾海戦（ルソン沖海戦前半戦の米側公称）、マニラ湾口海戦（ルソン沖海戦後半戦の米側公称）で大打撃を被り、戦艦が半分以下に激減した。

「キャビテに留まるのは危険が大きい」

ブラウンはこのように判断し、キャビテの放棄を決定したのだ。

「航空機、侮り難し」

というのが、航空兵力に対するブラウンの認識だ。航空機が戦艦の天敵になるとは、ブラウンは考えていない。

アジア艦隊は、空襲によって戦艦六隻を損傷したが、航空機に撃沈された戦艦は一隻もない。

サウス・ダコタ級の「インディアナ」「マサチューセッツ」が沈んだのは、水上部隊との砲雷戦によるものだ。

ただ、戦艦は航空機に沈められなくとも、傷つけられることはある。

「インディアナ」「マサチューセッツ」も、空襲で傷ついてさえいなければ、コンゴウ・タイプなど一蹴していたはずだ。

「海軍の主力は戦艦だ。この事実は、疑うべくもない。だが航空機は、戦艦を傷つけ、戦闘力を低下させる力を持つ。今後は、充分な警戒が不可欠だ」

これが、リンガエン湾、マニラ湾口の二つの海戦からブラウンが得た戦訓だった。

「モロ湾は、艦隊の泊地として最適とは言えないが、空襲の心配はない。あのままキャビテに留まるよりは、時間を稼げるはずだ」

エリクソン以下の幕僚たちに、ブラウンは言った。

トラックからフィリピンまでの連絡線が繋がれば、アジア艦隊は太平洋艦隊と合流できる。

それまでは、モロ湾を新たな拠点として、日本軍に抗戦を続けるのだ。

「ヤマモトに見せてやろうじゃないか。合衆国海軍の粘り強さを」

3

パラオ諸島最大の島、バベルダオブ島の上空に、数十機の爆音が轟いた。

開戦前より整備が進められていたアイライ飛行場に、エンジン・スロットルを絞り込んだ九六式陸上攻撃機が次々と滑り込んで来た。

「来てくれたか」

井上成美第四艦隊司令長官は、指揮所の前で陸攻隊の着陸を見つめながら呟いた。

パラオに飛来したのは、内地で練成を進めていた第二六航空戦隊だ。陸攻部隊である三沢航空隊、木更津航空隊、戦闘機部隊である第六航空隊を指揮下に収めている。

指揮官機から降りて来た搭乗員の一人が、井上の姿を認めたのだろう、直立不動の姿勢で敬礼した。

海軍三沢航空隊司令菅原正雄中佐だった。

「申告します。海軍三沢航空隊、第二六航空戦隊司令部の命令により、第四艦隊の指揮下に入ります」

「御苦労」

井上は答礼を返し、力を込めた声で応えた。

現在、パラオを巡る情勢が緊迫している。

連合艦隊はルソン沖海戦の勝利によって米アジア艦隊に大打撃を与えたが、トラックの米太平洋艦隊はいつ西進を開始してもおかしくない状況だ。

米艦隊が侵攻して来れば、パラオもトラック同様、蹂躙されることは目に見えている。

そのようなことになれば、井上は今度こそパラオを死に場所とするつもりだったが、山本連合艦隊司令長官は一一航艦の塚原二四三司令長官と諮(はか)って、基地航空隊の増援を送り込んでくれたのだ。

「木更津空の陸攻三六機と六空の艦戦三六機、並びに二六航戦の司令官は、明日到着する予定です」

「陸攻と艦戦を合わせて一〇八機か。かなりの兵力だな」

井上の傍らに控える矢野志加三第四艦隊参謀長が、感嘆したように言った。

「これに二四航戦を加えれば、陸攻と艦戦を合わせ、一八〇機になる。心強い限りだ」

(その一八〇機がトラックにあれば)

そんな思いが、ちらと井上の脳裏をかすめた。

一八〇機の戦爆連合があれば、トラックに来寇(らいこう)した米太平洋艦隊に一矢報いることができた。少なくとも、一方的に蹂躙されることはなかったはずだ。

だが、「たら、れば」の話をするつもりはなかった。

「パラオでの任務については、聞いているかね？」

「内地で、司令官からうかがいました。トラックを足場にして来寇する米太平洋艦隊の邀撃、及び米アジア艦隊残存部隊の撃滅ですね？」

井上の問いに、菅原は頷いた。

いかにも意気軒昂(いきけんこう)だ。練成した陸攻搭乗員の技量に、信頼を置いているのだろう。

「トラックの米太平洋艦隊は、いつ動き出すか分からぬ。フィリピンの米アジア艦隊には、先のルソン沖海戦で大打撃を与えたということだが、まだ侮り難い戦力を有している。非常に厳しい戦いになると思うが、しっかりと頼む」

井上はそう言って、萱原を下がらせた。

（御信頼いただいている、と考えていいのでしょうな、長官）

山本五十六連合艦隊司令長官の顔が、井上の脳裏に浮かんだ。

トラックからパラオに避退したとき、井上は現職からの更迭と予備役編入を覚悟していた。

自分は、第四艦隊の将兵を見捨ててトラックから逃げ出しただけではない。開戦と同時に、マーシャル、トラックを失陥した責任も負わねばならない。

当面は四艦隊長官の任務に精励するが、いつ内地に呼び戻されてもおかしくないと考えていた。

実際には、呼び戻されるどころか、一個航空戦隊がパラオに増強された。

山本長官は「パラオの防衛は、井上に委ねる」と決定したのだ。

井上は、胸中で山本に呼びかけた。

「名誉回復の機会を下さったことに感謝いたします、長官」

【第二巻に続く】

ご感想・ご意見は
下記中央公論新社住所、または
e-mail：cnovels@chuko.co.jpまで
お送りください。

C★NOVELS

高速戦艦「赤城」1
――帝国包囲陣

2023年8月25日　初版発行

著　者　横山信義

発行者　安部順一

発行所　中央公論新社
〒100-8152　東京都千代田区大手町1-7-1
電話　販売 03-5299-1730　編集 03-5299-1930
URL https://www.chuko.co.jp/

DTP　平面惑星

印　刷　三晃印刷（本文）
大熊整美堂（カバー・表紙）

製　本　小泉製本

Published by CHUOKORON-SHINSHA, INC.
Printed in Japan　ISBN978-4-12-501470-8 C0293

連合艦隊西進す 1
日独開戦

横山信義

ソ連と不可侵条約を締結したドイツは勢いのままに大陸を席巻、英本土に上陸し首都ロンドンを陥落させた。東アジアに逃れた英艦隊は日本に亡命。これによりヒトラーの怒りは日本に波及した。

ISBN978-4-12-501456-2 C0293　1000円　カバーイラスト　高荷義之

連合艦隊西進す 2
紅海海戦

横山信義

亡命イギリス政府を保護したことで、ドイツ第三帝国と敵対することになった日本。第二次日英同盟のもとインド洋に進出した連合艦隊は、Uボートの襲撃により主力空母二隻喪失という危機に。

ISBN978-4-12-501459-3 C0293　1000円　カバーイラスト　高荷義之

連合艦隊西進す 3
スエズの彼方

横山信義

英本土奪回を目指す日本・イギリス連合軍にはスエズ運河を押さえ、地中海への航路を確保する必要がある。だが連合軍の前に、北アフリカを堅守するドイツ・イタリア枢軸軍が立ち塞がる！

ISBN978-4-12-501461-6 C0293　1000円　カバーイラスト　高荷義之

連合艦隊西進す 4
地中海攻防

横山信義

ドイツ・イタリア枢軸軍を打ち破り、次の目標である地中海制圧とイタリア打倒に向かう日英連合軍。シチリア島を占領すべく上陸船団を進出させるが、枢軸軍がそれを座視するはずもなく……。

ISBN978-4-12-501463-0 C0293　1000円　カバーイラスト　佐藤道明

表示価格には税を含みません

連合艦隊西進す 5

英本土奪回

横山信義

日英連合軍はアメリカから購入した最新鋭兵器を装備し、悲願の英本土奪還作戦を開始。ドイツも海軍に編入した英国製戦艦を出撃させる。ここに、前代未聞の英国艦戦同士の戦いが開始される。

ISBN978-4-12-501465-4 C0293　1000円

カバーイラスト　佐藤道明

連合艦隊西進す 6

北海のラグナロク

横山信義

日英連合軍による英本土奪還が目前に迫る中、ドイツ軍に、ヒトラー総統からロンドン周辺地域の死守命令が下された。英国政府は市街戦を避け、兵糧攻めにして降伏に追い込むしかないと決断。

ISBN978-4-12-501468-5 C0293　1000円

カバーイラスト　佐藤道明

烈火の太洋 1

セイロン島沖海戦

横山信義

昭和一四年ドイツ・イタリアとの同盟を締結した日本は、ドイツのポーランド進撃を契機に参戦に踏み切る。連合艦隊はインド洋へと進出するが、そこにはイギリス海軍の最強戦艦が——。

ISBN978-4-12-501437-1 C0293　1000円

カバーイラスト　高荷義之

烈火の太洋 2

太平洋艦隊急進

横山信義

アメリカがついに参戦！　フィリピン救援を目指す米太平洋艦隊は四〇センチ砲戦艦コロラド級三隻を押し立てて決戦を迫る。だが長門、陸奥という主力を欠いた連合艦隊に打つ手はあるのか⁉

ISBN978-4-12-501440-1 C0293　1000円

カバーイラスト　高荷義之

烈火の太洋 3
ラバウル進攻

横山信義

ラバウル進攻命令が軍令部より下り、主力戦艦を欠いた連合艦隊は空母を結集した機動部隊を編成。米太平洋艦隊も空母を中心とした艦隊を送り出した。ここに、史上最大の海空戦が開始される！

ISBN978-4-12-501442-5 C0293　1000円　　カバーイラスト　高荷義之

烈火の太洋 4
中部ソロモン攻防

横山信義

海上戦力が激減した米軍は航空兵力を集中し、ニューギニア、ラバウルへと前進する連合艦隊に対抗。膠着状態となった戦線に、山本五十六は新鋭戦艦「大和」「武蔵」で迎え撃つことを決断。

ISBN978-4-12-501448-7 C0293　1000円　　カバーイラスト　高荷義之

烈火の太洋 5
反攻の巨浪

横山信義

米軍の戦略目標はマリアナ諸島。連合艦隊はトラックを死守すべきか。それとも撃って出て、米軍根拠地を攻撃すべきか？　連合艦隊の総力を結集した第一機動艦隊が出撃する先は——。

ISBN978-4-12-501450-0 C0293　1000円　　カバーイラスト　高荷義之

烈火の太洋 6
消えゆく烈火

横山信義

トラック沖海戦において米海軍の撃退に成功したものの、連合艦隊の被害も甚大なものとなった。彼我の勢力は完全に逆転。トラックは連日の空襲に晒される。そこで下された苦渋の決断とは。

ISBN978-4-12-501452-4 C0293　1000円　　カバーイラスト　高荷義之

表示価格には税を含みません

荒海の槍騎兵 1
連合艦隊分断

横山信義

昭和一六年、日米両国の関係はもはや戦争を回避できぬところまで悪化。連合艦隊は開戦に向けて主砲すべてを高角砲に換装した防空巡洋艦「青葉」「加古」を前線に送り出す。新シリーズ開幕！

ISBN978-4-12-501419-7 C0293　1000円

カバーイラスト　高荷義之

荒海の槍騎兵 2
激闘南シナ海

横山信義

「プリンス・オブ・ウェールズ」に攻撃される南遣艦隊。連合艦隊主力は機動部隊と合流し急ぎ南下。敵味方ともに空母を擁する艦隊同士――史上初・空母対空母の大海戦が南シナ海で始まった！

ISBN978-4-12-501421-0 C0293　1000円

カバーイラスト　高荷義之

荒海の槍騎兵 3
中部太平洋急襲

横山信義

集結した連合艦隊の猛反撃により米英主力は撃破された。太平洋艦隊新司令長官ニミッツは大西洋から回航された空母群を真珠湾から呼び寄せ、連合艦隊の戦力を叩く作戦を打ち出した！

ISBN978-4-12-501423-4 C0293　1000円

カバーイラスト　高荷義之

荒海の槍騎兵 4
試練の機動部隊

横山信義

機動部隊をおびき出す米海軍の作戦は失敗。だが日米両軍ともに損害は大きかった。一年半余、ついに米太平洋艦隊は再建。新鋭空母エセックス級の群れが新型艦上機隊を搭載し出撃！

ISBN978-4-12-501428-9 C0293　1000円

カバーイラスト　高荷義之

荒海の槍騎兵５
奮迅の鹵獲戦艦

横山信義

中部太平洋最大の根拠地であるトラックを失った連合艦隊。おそらく、次の戦場で日本の命運は決する。だが、連合艦隊には米艦隊と正面から戦う力は失われていた――。

ISBN978-4-12-501431-9 C0293 1000円

カバーイラスト 高荷義之

荒海の槍騎兵６
運命の一撃

横山信義

機動部隊は開戦以来の連戦により、戦力の大半を失ってしまう。新司令長官小沢は、機動部隊を囮とし、米海軍空母部隊を戦場から引き離す作戦で賭に出る！　シリーズ完結。

ISBN978-4-12-501435-7 C0293 1000円

カバーイラスト 高荷義之

パラドックス戦争　上
デフコン3

大石英司

逮捕直後に犯人が死亡する不可解な連続通り魔事件。核保有国を震わせる核兵器の異常挙動。そして二一世紀末の火星で発見された正体不明の遺跡……。謎が謎を呼ぶ怒濤のＳＦ開幕！

ISBN978-4-12-501466-1 C0293 1000円

カバーイラスト 安田忠幸

パラドックス戦争　下
ドゥームズデイ

大石英司

正体不明のＡＩコロッサスが仕掛ける核の脅威！乗っ取られたＮＧＡＤを追うべく、米ペンタゴンのＭ･Ａはサイレント･コア部隊と共闘するが……。世界を狂わせるパラドックスの謎を追え！

ISBN978-4-12-501467-8 C0293 1000円

カバーイラスト 安田忠幸

表示価格には税を含みません

台湾侵攻 1
最後通牒

大石英司

人民解放軍が大艦隊による台湾侵攻を開始した。一方、中国の特殊部隊の暗躍でブラックアウトした東京にもミサイルが着弾……日本・台湾・米国の連合軍は中国の大攻勢を食い止められるのか！

ISBN978-4-12-501445-6 C0293　1000円　　カバーイラスト　安田忠幸

台湾侵攻 2
着上陸侵攻

大石英司

台湾西岸に上陸した人民解放軍２万人を殲滅した台湾軍に、軍神・雷炎擁する部隊が奇襲を仕掛ける――邦人退避任務に〈サイレント・コア〉原田小隊も出動し、ついに司馬光がバヨネットを握る！

ISBN978-4-12-501447-0 C0293　1000円　　カバーイラスト　安田忠幸

台湾侵攻 3
電撃戦

大石英司

台湾鐵軍部隊の猛攻を躱した、軍神雷炎擁する人民解放軍第164海軍陸戦兵旅団。舞台は、自然保護区と高層ビル群が隣り合う紅樹林地区へ。後に「地獄の夜」と呼ばれる最低最悪の激戦が始まる！

ISBN978-4-12-501449-4 C0293　1000円　　カバーイラスト　安田忠幸

台湾侵攻 4
第2梯団上陸

大石英司

決死の作戦で「紅樹林の地獄の夜」を辛くも凌いだ台湾軍。しかし、圧倒的物量を誇る中国第２梯団が台湾南西部に到着する。その頃日本には、新たに12発もの弾道弾が向かっていた――。

ISBN978-4-12-501451-7 C0293　1000円　　カバーイラスト　安田忠幸

台湾侵攻 5
空中機動旅団

大石英司

驚異的な機動力を誇る空中機動旅団の投入により、台湾中部の濁水渓戦線を制した人民解放軍。人口300万人を抱える台中市に第２梯団が迫る中、日本からコンビニ支援部隊が上陸しつつあった。

ISBN978-4-12-501453-1 C0293　1000円　カバーイラスト　安田忠幸

台湾侵攻 6
日本参戦

大石英司

台中市陥落を受け、ついに日本が動き出した。水陸機動団ほか諸部隊を、海空と連動して台湾に上陸させる計画を策定する。人民解放軍を驚愕させるその作戦の名は、玉山（ユイシャン）――。

ISBN978-4-12-501455-5 C0293　1000円　カバーイラスト　安田忠幸

台湾侵攻 7
首都侵攻

大石英司

時を同じくして、土門率いる水機団と“サイレント・コア”部隊、そして人民解放軍の空挺兵が台湾に降り立った。戦闘の焦点は台北近郊、少年烈士団が詰める桃園国際空港エリアへ――！

ISBN978-4-12-501458-6 C0293　1000円　カバーイラスト　安田忠幸

台湾侵攻 8
戦争の犬たち

大石英司

奇妙な膠着状態を見せる新竹地区にサイレント・コア原田小隊が到着、その頃、少年烈士団が詰める桃園国際空港には、中国の傭兵部隊がＡＩ制御の新たな殺人兵器を投入しようとしていた……

ISBN978-4-12-501460-9 C0293　1000円　カバーイラスト　安田忠幸

表示価格には税を含みません